Pasión entre

SÁBANAS BLANCAS

David Gaset

Pasión entre sábanas blancas

ISBN: 978-84-686-2649-9

Editorial e impresión: © 2012 Bubok Publishing S.L.

Cap. I – EL ENCUENTRO

–¡Despierta! ¡Cariño, despierta! –oía suave, lento, quieto–. ¡Cariño, despierta! Mi amor, ya salió el sol y se nos hizo tarde. –Entre besos y delicadas caricias él entraba en su vida, en su nueva vigilia, mientras sus ojos temblaban con pereza resistiéndose a abrir. Su cuerpo desnudo, su larga y esbelta espalda, sus bronceados muslos, sus tersos y firmes glúteos, su aromática nuca escamoteada entre las sombras de esa brillante cabellera, negro azabache. Exuberante, tibia, seductora, apacible y serena, dulce. Cincelaba las sábanas blancas que cubrían, tímidamente, sólo, alguna zona de su piel.

Él, todo piel, no pudo resistir esa innata tentación. Inhalaba sus fragancias, gozaba en sus sentidos. Había tomado la mano de ella, de su princesa, de su adorada y con suma delicadeza, lentamente, acarició con ella su propio muslo. Ella no pudo sin más percibir en su palma ese calor desprendido por su piel, ese vello insinuando el destino al que dirigía su mano. Llegando a la zona más íntima, notó entre las yemas de sus dedos la suavidad de su virilidad. No lo podía creer. Era ella desnuda, era ella entregada, era ella, tumbada de espaldas, por fin, en la cama con él...

Todo había empezado hacía exactamente un año. Un paseo por un museo uno de esos días tediosos en los que apaciguar el hastío resultaba una tarea demasiado exigente y agotadora. Una exposición fotográfica fue la primera idea que a Cris se le ocurrió cuando ese anuncio en las páginas centrales de una revista de moda captó su atención. –Resultará entretenido– dijo para sus adentros. Al día siguiente se encontraba recorriendo esas largas y espaciosas galerías que caracterizan los museos de arte en cualquier rincón del mundo. Madrid siempre le había parecido un lugar de referencia en exposiciones de arte, pero nunca tuvo la ocasión de visitar una de ellas. El lento paseo por las galerías, el poco acostumbrado silencio renuente al que era sometida, le permitía esa introspección a la que pocas veces se aplicaba.

Su divorcio había resultado un desgaste sin parangón, hasta conseguir dar carpetazo a su marido y a tantos años de desaliento. Así que llevaba unas semanas respirando de nuevo de todo el aire del mundo sin importarle si lo hacía más rápido o más lento, sin tener que dar explicaciones de ello ni a su sombra. El tiempo, por fin, había dejado de tener sentido para ella. Sólo pensaba en dedicarse a vivir, en el más puro sentido y esencia de la palabra, sin pensar en la inquisición de las resoluciones que los demás le puedan dar a determinadas actitudes y comportamientos.

En su interior, existía un pájaro que pretendía desplegar sus majestuosas alas, eternamente recogidas y cimentadas en sus costados. Por fin, podía llenar sus pulmones, levantar la mirada y mostrar su barbilla, lanzar al este y al oeste toda la envergadura de alas y saltar sin pensar, disfrutando de ese vuelo en el que tanto había soñado durante esos últimos años. Divina providencia la que se abría frente a ella.

Colgado de un muro de yeso de la mayor blancura que quepa imaginar, se encontraba una imagen en blanco y negro de lo que parecía el pétalo de una flor. Había sido captada con un intenso brillo en su superficie y un curioso juego de sombras que la limitada transparencia de sus pétalos le otorgaba. Caminaba despacio observando con detalle esa curiosa exposición con la que el fotógrafo había adiestrado a su cámara para conseguir ese impacto que le había cautivado.

–Uy, lo siento –Acababa de tropezar con una figura desconocida–. Estaba despistada y no le vi.

–No se preocupe –se rio el desconocido–, la culpa también fue mía por no prestar atención a mi alrededor. –Su sonrisa era tan grande y fresca que le resultaba fascinante y contagiosa sin precedentes.

–Será que también aprecia el trabajo bien hecho –dijo Cris.

Ante el comentario, la reacción del desconocido fue un lento recorrer de todo su cuerpo con su mirada. Desde los ojos, los hombros, los pechos y la cintura, hasta el pubis, las piernas y los pies, para luego, deshacer el recorrido hasta llegar de nuevo a los ojos. La constitución de Cris podía definirse como de atlética. Sin duda, su cuidada alimentación natural y las sesiones de gimnasio dos veces por semana, además de la perfectísima curva de su trasero, arrojaban muy buenos resultados en las observaciones del sexo opuesto. De eso ella siempre había sido muy consciente.

–Desde luego, aprecio el trabajo bien hecho –dijo el extraño y volvió a sonreír con la misma simpatía y dulzura que había mostrado con sus primeras palabras.

Cris no pudo evitar sonrojarse ante un halago tan descarado formulado por un extraño que a la vez resultaba tan familiar. Se desconocía a sí misma. Hacía un par de años, una situación como ésta le hubiera hecho desconfiar y tomar una posición distante con el interlocutor. En esta ocasión, su rostro expresaba cautela, pero su cuerpo, sin encontrar una explicación lógica y sensata, temblaba y la inspiraba a avanzar y a lanzarse a los brazos de ese desconocido. La sonrisa que se le mostraba, tierna, golosa, buena, la mantenía secuestrada y le impedía cambiar su expresión de felicidad.

–Mi nombre es Dave. Espero y deseo no haberla importunado, no era mi intención.

–No, no. No me ha molestado, sólo que no me lo esperaba. Esto es una exposición, no una discoteca –sonrió Cris sin ningún pudor.

–Si fuera una discoteca, estoy seguro que no nos hubiéramos presentado –dijo él–. Aunque no lo parezca, yo soy tímido y alguien como usted me produce demasiado respeto.

–Pues no muerdo. ¿Tan peligrosa parezco?

–No, me refería a que... ejem –balbuceaba Dave mostrando cierta timidez–, me parece encantadora y una de las mujeres más hermosas que he conocido.

Ambos apartaron la mirada y entraron en pérdida como un caza abatido por la artillería antiaérea. Sus mejillas adquirieron un tono que difícilmente podía disimularse. El silencio se apoderó de esos preciosos momentos hasta que Dave, la miró directamente a los ojos y escudado de nuevo en su sonrisa le dijo:

–No quiero entretenerla más. Ha sido un placer contemplar su mirada. –Las risas de ambos se confundieron en el eco de la sala.

Dave dio media vuelta y lentamente se escurrió hacia la sala contigua, realizando en su trayecto fugaces miradas hacia su nueva amiga. Cris no pudo dejar de mostrar su gratitud con una de esas sonrisas que durante tantos años había retenido en su alma, hasta verlo desaparecer detrás de ese muro que dividía la galería. Tras unos instantes, volvió a respirar. Ya no se podía concentrar. Cada vez que se situaba frente a una de las obras expuestas, tenía la sensación de tener a Dave junto a ella, dispuesto a dejarse atropellar de nuevo. Era imposible mantener subordinada esa sensibilidad necesaria para apreciar esas imágenes. Al único arte al que aspiraba en esos momentos era de nuevo el de volver a contemplar esa magnética sonrisa que tanto bien le había causado. Sus miradas la traicionaban, continuamente se hallaba observando en dirección a la sala contigua, anhelando ver de nuevo aparecer esa sonrisa buscándola a ella. Hasta ese momento no se había percatado de que, después de tantos años de amargura en su anterior relación, se encontraba de nuevo receptiva.

Así que, en un alarde de temperamento, dijo para sus adentros:

–Si no es ahora, no será nunca –y giró sobre si misma para encaminarse rápidamente en dirección a su meta, el motivo de tanta inspiración. Una sala, una galería, otra sala, un pasillo. No lo entendía, no lo hallaba. ¿Tanto se había retrasado en el análisis de sus pensamientos? ¿podía ser que se le hubiera escapado esa oportunidad? Llegó a la salida y nada, la inspiración se había volatilizado, algo imperdonable.

En ocasiones se sentía sola, tanto como la mayor parte de lo que fue su matrimonio, o 'matri-manicomio' tal y como pasó a llamarlo durante esos últimos años de decadencia exponencial. El sinónimo de soledad es independencia y siendo un néctar frío y desaborido, la tranquilidad que aporta, a cierta edad, adquiere mayor peso o relevancia, inoculándole su justo valor. Cris pasó el resto de la mañana ausente en esos nuevos pensamientos, hasta que tuvo la necesidad de entrar en un supermercado para abastecerse de algunos alimentos que necesitaba para la cena de aquella noche. Algo de tomate frito, arroz y esa botella de aceite de oliva del tercer estante. De repente, detrás de la botella, aparece un rostro conocido.

–¡No puede ser, Dave! –exclamó para sí.

De nuevo aquel individuo que tanto la había fascinado. ¿Qué posibilidades había de encontrarse a la misma persona dos veces seguidas el mismo día en una ciudad tan grande? Pocas o muy pocas, por no decir ninguna.

–El destino existe y parece que hoy me favorece a mí –pensó para sus adentros.

Ella pensaba en que una coincidencia procura darnos las pistas que nos permitan detectar una oportunidad y cuando se presenta esa oportunidad, hay que aprovecharla, ya que una vez que pasa sin haber sido utilizada, nunca regresará, al menos en la forma y condiciones en las que apareció. El momento, el instante, representa un eje alrededor del cuál engrana perfectamente nuestro destino, hecho que no deberíamos subestimar. Sabía que todo lo que le ocurría era, precisamente, lo que debía ocurrir, que los libros, films, titulares de prensa, personas y situaciones concretas, no sólo no le pasarían desapercibidos, sino que llegarían a ella atraídos por su vibración. El destino es sabio.

Depositó la botella de aceite en la cesta y una fuerza desconocida se apoderó de ella. Con paso decidido se encaminó a la cabecera de góndola del pasillo dispuesta a saltar al otro lado, cuando de repente, un tropiezo y un fuerte impacto provocaron el derrumbe de una gran pirámide de latas de conserva en promoción. El estrépito ocasionó gran expectación a su alrededor. Toda esa energía, que momentos antes la conducía firmemente a su objetivo, palideció ante la situación, hasta que, en medio del caos, frente a ella, aparece Dave con esa sonrisa que, imperceptible a todo ruido, a toda expectación, se vuelca completa y definitivamente en Cris.

–¿Estás bien? ¿te has hecho daño? –pronunció él. El tuteo, de repente, había colonizado la situación. La sensación de estar tratando con alguien conocido no dejaba duda alguna de ese gran bienestar que los arropaba. Atenazada por los nervios se lanzó, asustada, a los brazos de Dave el cuál, sorprendido, correspondió con ternura a esa espontaneidad–. ¿Estás bien? –volvió a preguntar Dave.

Cris, consciente de que Dave seguía siendo un desconocido, recobró su control y se separó lentamente. –Sí, sí, lo siento... sólo fue el susto.

En esos momentos llegó el personal del comercio preguntando qué había ocurrido, cuando Dave tomó la palabra e inmediatamente dijo:

–Lo siento, parece que, lamentablemente, mi cesta derribó por accidente el decorado. Siento mucho el infortunio.

El personal no pareció muy complacido por las explicaciones, pero eso ya les traía sin cuidado a la pareja. Dave tomó a Cris de la mano y diciéndole: –vamos, dejémosles trabajar–, tiró suavemente de ella apartándola del caos absoluto en el que se había convertido el pasillo. Cris olvidó su cesta en el suelo y Dave también dejó allí los alimentos que llevaba en sus manos para escapar a paso rápido hacia la salida del comercio entre sonrisas y miradas furtivas.

–¿Seguro que no te has hecho daño?

–No, no, estoy bien –contestó Cris.

–Cuando te vi en medio de tanto desaguisado, pensé que me había sonreído el cielo –rio Dave.

Cris, exhausta de tantas emociones en tan poco tiempo, sólo observaba y sonreía. Hasta ese momento, su vida había resultado gris, carente de estímulos de ninguna clase y en unos momentos, parecía estar viviendo en el cuerpo de otra mujer, completamente absorta en una identidad totalmente nueva y desconocida. Ahora podía fijarse con detalle en ese hombre que tanto le había hecho pensar. Tenía una buena espalda, constitución atlética, un brillo muy especial en esos ojos marrones, pelo corto con algunas entradas y calculaba que superaba la treintena. Vestía con pantalón negro, camisa blanca entallada y un abrigo gris oscuro. Lo que seguía destacando por encima de todo era su sonrisa, donde parecía que se condensara lo mejor que le pudieras pedir a una vida.

–Viéndote sola en la exposición fotográfica y ahora en este comercio –se explicaba Dave–, me atrevo a pensar que tal vez esta noche puedas aceptar pasar una velada con un desconocido, tal vez yendo al teatro, a un concierto o... –inmediatamente Dave fue interrumpido:

–¿Qué te parece vernos para cenar? –replicó Cris.

–Bueno, esa idea, francamente, me seduce –dijo Dave– pero, ¿no crees que antes debería saber tu nombre?

–Es cierto, no te lo dije –sonrió–. Soy Cris.

–¿Traerás esa sonrisa que tantas veces hoy me has mostrado?

–No lo dudes. –Cris sonreía con el mismo magnetismo con el que había logrado subyugar la voluntad de Dave.

–Si es así, me encantará cenar contigo –dijo él.

–Entonces cuenta con ella, mi sonrisa vendrá conmigo –respondió ella–. De todos modos, olvidé ahí dentro la comida que había venido a comprar –añadió coronando la frase con una mirada que derritió a Dave, haciéndole temblar la voz al replicar:

–Bueno, ejem, ¿a qué hora te iría bien que te recogiera?

–¿Qué te parece a las 20:30 horas? –propuso Cris–. ¿Quedamos en el café/restaurante de la esquina? Me han dicho que se cena muy bien.

–No tengo ninguna objeción –respondió él–. Secundo tu propuesta. ¿Querrás luego ir a dar un paseo o a tomar algo?

–Pues... –continuó ella–, ¿te parece que decidamos sobre la marcha? No soy persona de improvisar, pero en este momento, me apetece romper mi propia rutina y forma de ser.

–Me parece perfecto –terminó Dave.

Cap. II – SU PRIMERA VELADA

Faltaban casi dos horas para las 20:30 horas y la espera se le hacía eterna. Observaba el reloj de pulsera cada cinco minutos e inmediatamente confirmaba los dos minutos de diferencia que atrasaba el reloj de la pared del salón. Parecía que el tiempo se había detenido y era imposible buscar concentración. La expresión de júbilo que se dibujaba en su rostro evidenciaba que se encontraba realmente ilusionada con la experiencia que estaba dispuesta a vivir. Los términos en que se desarrollaría era algo que, en esos instantes, aún desconocía. Pero era el momento, era 'su momento'.

Cuando quedaban sólo 15 minutos tomó el bolso, las llaves y salió disparada por la puerta del apartamento. En el ascensor, recordó que no se había pintado. Aún conservaba el ligero maquillaje de la mañana, así que tomó su barra labial y con gran habilidad, utilizando el espejo de la cabina, dio un retoque con sumo cuidado de no extralimitarse en las comisuras de los labios. Se miró complacida y guiñó un ojo a su imagen para, inmediatamente, aplicar unas gotas de perfume detrás de la nuca y pronunciar su mantra: –discreto pero suficiente–. Ya estaba preparada para lo que el destino tuviera a bien regalarle.

Cuando llegó a la calle, cruzó el paso de peatones e inmediatamente divisó a Dave en la esquina. En un acto reflejo se detuvo, casi como con la intención involuntaria de dar media vuelta. Pero Dave ya se había percatado de su presencia y resultaba imposible salir huyendo cuando a unos metros aguardaba una sonrisa de semejante magnetismo. – Bufff– suspiró Cris. Y se puso de nuevo en marcha hacia su destino. –Ésta va a ser mi perdición– sentenció en sus pensamientos, dejándose arrastrar hacia esa dulce condena y no pudo más que dejar escapar, entre dientes, una risa apocada.

Él se había cambiado de ropa, tal vez para adaptarse al estilo que había visto en Cris, la cuál ese día llevaba jeans ajustados, zapatos marrón oscuro con un ligero tacón, suéter beige de cuello alto y un abrigo de piel marrón oscuro. Dave vestía con unos jeans azul oscuro, camiseta negra de cuello redondo y suéter negro con cremallera. Su chaqueta era de piel negra y la llevaba colgada del brazo.

–Hola. Veo que sí vino contigo.

–¿Disculpa? –se extrañó ella–. ¿A quién te refieres?

–A tu sonrisa –contestó Dave.

–¡Ah! –exclamó ella sonriendo–. Sí, no me pude desprender de ella. Desde esta mañana parece que se resiste a abandonarme.

–Eso significa que te ha tomado aprecio –comentó Dave–. Tendrás que cuidar de ella, su presencia me fascina.

–Entonces esa tarea te corresponderá a ti, delego en ti ese trabajo –dijo Cris con esa pose que adquiere el noble cuando, espada en mano, arma caballero al agraciado–. ¿Crees que podrás con tanta responsabilidad?

–No creo que resulte muy difícil –respondió él–. Sólo tengo que observarte para que, viéndote, la felicidad de mi rostro pueda contagiarte.

–Estas frases con las que me regalas los oídos tan a menudo, ¿las has leído en algún manual? –preguntó ella.

–Supongo que alguien potencia mi inspiración –dijo él dando por concluida esa colección de halagos entre evidentes carcajadas.

La mesa se encontraba junto a la ventana, con vistas a todo el paseo arbolado. Era finales de noviembre y la noche entró con prisas para instalarse. Las farolas negras de forja ofrecían un romántico espectáculo de luces y sombras cuando las hojas sueltas de los árboles jugueteaban con el viento que de vez en cuando se levantaba. Cuando llegó el camarero, Cris solicitó la carta de vinos y Dave, en su línea, solicitó la de los postres para, tras la broma, corregir y decir que, de momento, con la carta ya tenía suficiente. Cris añadió:

–Por favor, no me hagas reír más o no voy a poder comer.

–No te preocupes, ya me comeré yo lo tuyo –dijo él–. Yo sí estoy famélico.

Tras elegir compartir platos, se decidieron por una parrillada de verduras para empezar, seguido de una lubina a la naranja y de salmón marinado al eneldo.

–No conozco a mucha gente que en su primera cita se decida por compartir los platos –dijo él.

–No tengo demasiados problemas con la comida, me gusta prácticamente todo –añadió Cris.

–Fantástico –dijo él–. Entonces podré llevarte a cualquier país sin riesgo a que sufras inanición.

–Bueno, eso tendremos que negociarlo –respondió Cris–. Espero no encontrarme en el plato algún insecto o alguna cosa rara. Como de todo, mientras sea lo que en occidente se interpreta como comestible –se rio–. Y por cierto, ¿vives aquí en Madrid o bien estás de paso?

–No, estoy en la ciudad sólo por unos días, he venido por negocios. Y tú, ¿te dedicas a temas de arte? –preguntó Dave.

–No, he venido unos días de vacaciones, a airearme un poco, a desconectar de la rutina. Aunque debo serte franca, llevo un par de semanas en la ciudad y empezaba a sufrir el tedio del aburrimiento hasta que te conocí esta mañana.

–Pero, ¿en qué trabajas? –preguntó él.

–Temas de publicidad, aunque llevo una temporada alejada del trabajo por problemas personales. Un divorcio, a veces requiere de demasiado esfuerzo para llevarlo a buen término.

–Vaya, lo siento –dijo Dave.

–No, no lo sientas –lo eximió ella–. Hace años que debería haber tomado la decisión, pero a veces uno no es consciente de que tiene que tomar las riendas de su propia vida cuando hace demasiado tiempo que se las entregó ilusamente a otra persona que, para nada las merecía. Y tú, ¿a qué te dedicas?

–Soy empresario –respondió él–. Gestiono empresas en diversos sectores. Sin duda, algo muy aburrido.

La cena mantuvo un clima y conversación tan agradables que el tiempo atropelló al reloj y el camarero avisó que tenían que cerrar. La discusión sobre quién pagaba se saldó con la propuesta de Dave:

–Como tienen que cerrar y para no prolongarlo más, si te parece, hoy invito yo y otro día lo haces tú. Así la próxima vez vamos a un restaurante más caro. –Los dos se rieron a carcajadas.

Abonada la cuenta, esperaron junto a la barra la devolución del cambio mientras el silencio maceraba esa dulce y calma complicidad en sus miradas, instantes tras los cuales Cris decidió tomar la iniciativa:

–¿Te apetece ir a algún sitio?

–¿Qué te parece dar un paseo y luego tomamos algo? –propuso Dave.

–Vale, podríamos atravesar el parque y acercarnos al centro –respondió ella.

Dave sacó el mapa de la chaqueta y situándose junto a ella, lo desplegó totalmente. –Estamos aquí– señalando en el mapa. –Y debemos ir aquí–. El vello del brazo de Dave rozó suavemente el antebrazo de Cris, algo que estremeció toda su piel como si la más dulce de las melodías estuviera sonando en esos momentos. No podía pensar, sólo oía las dulces palabras de Dave, el tono cariñoso, el timbre sincero, sereno y firme, la concatenación con las que se pronunciaba cada una de sus palabras, una tras otra, sin prisas, sin atropellos, pero, por más que lo intentara, no podía concentrarse en el mensaje que en esos momentos se le estaba transmitiendo.

–Vamos. –dijo ella. Su decisión no requirió demasiada meditación y análisis. Se encontraba tan a gusto que lo de menos era el lugar mientras lo pasara con él.

Llegados al parque, descendieron por unas escaleras de piedra blanca. Tomaba la delantera Dave mientras la conversación les sumergía en anécdotas variadas de sus anteriores vidas, hasta que Cris dijo: –hace frío.

Dave se acercó a ella y pasó el brazo sobre sus hombros, acercándola a su pecho con tal de compartir su calor corporal. Ella, compungida, se acopló a su cuerpo, intentando disimular la excitación que aumentaba por momentos. Siguieron bajando hasta llegar a la zona de césped por donde empezaron a caminar. Él la tomó por la cintura y girándose levemente, cogió su mano mientras la miraba cautivado por su embrujo cuando, de repente, por culpa de sus tacones, Cris tropezó y en su caída, arrastró a Dave, que al estar ligeramente delante de ella, cayó al suelo de espaldas con la buena fortuna de aterrizar sobre blando césped y ella terminó depositando accidentalmente sus senos directamente sobre la tez de Dave. El calor del torso de Cris sobre Dave y el aroma de su perfume provocaron en él una avalancha de hormonas, instintos y sentimientos que se precipitaron atropelladamente señalando a Cris. Su latido aumentó y la ardiente pasión apremiaba en esculpirse como valiosa artesanía en ese asombrado corazón. La transparencia que la mirada de Dave destilaba demostraba ante Cris cómo la simbiosis entre ellos aumentaba e instintivamente, en puro pacto de protección, él la abrazó con la misma ternura que un pájaro se entrega a su prole como protector. Una vez la escena perdió inercia, la imagen del cuerpo y los senos de Cris sobre la cara de Dave tenía tanta gracia que, mientras ella se incorporaba diciendo –perdón, perdón, lo siento–, ambos reían y reían sin parar y sin poderse reincorporar. Parecía que habían bebido demasiado y tal vez, en cierto modo era así. Al menos lo era para Dave, nada acostumbrado a probar el alcohol.

–No puedo beber más, me parece que tu vino me ha subido a la cabeza –dijo él.

–Pero si apenas lo has probado –añadió Cris.

–Dos copas –se explicó él–. Para mí es mucho más que probarlo. No estoy acostumbrado. Aunque si te caes muchas veces más de esta manera, el efecto que produzcas en mí será peor que el del alcohol –se rio.

Cris se sonrojó y añadió. –Te prometo que no tengo por costumbre este tipo de accidentes– y se rio como hacía tiempo que no hacía. Completamente desinhibida, ya no tenía que esconder su humor ni su rubor. Se sentía cómoda y arropada con Dave.

–He cogido frío. ¿Te parece que busquemos algún sitio donde calentarnos? –y haciendo una pausa, dirigió su mirada, con la máxima ternura, directamente a los ojos de Dave para añadir–: en el buen sentido de la palabra calentar ¿eh?

–Por supuesto. No pensaba en ningún otro sentido –añadió Dave sin poder dejar de reír.

Subiendo por la calle del parque encontraron un pub musical y entraron rápidamente. El local se encontraba bastante lleno y al fondo, había una pequeña pista bastante abarrotada de gente, donde tronaba, debatiéndose furiosa, la música de baile. El pescado de la cena les había producido sed, así que, como su cuerpo ya no admitía más alcohol, Dave se decidió a pedir un agua mineral mientras Cris tomaba posición cerca de la pista. Cuando llegó con el botellín, se encontró con dos personajes que la estaban incordiando. Fue hacia ella, la tomó de la mano y acercándose, le dio un beso en la mejilla.

–Me estaban molestando, ten cuidado con ellos, parecen mala gente –dijo Cris.

Efectivamente, uno de ellos, el más alto, se aproximó a Dave y le dijo algo al oído. Dave empezó a hablar con él y a gesticular y señalar a discreción a su alrededor. El hombre le dijo algo a su amigo y ambos se fueron del local sin mayores consecuencias. Cris se acercó y le preguntó qué les había dicho para que se fueran.

–Le dije que eras mi mujer y me respondió que "y qué", dando a entender que iba a buscarnos problemas. Entonces le pregunté si conocía a Francesco Piccotelo y claro, me dijo que no. Le pregunté si había oído hablar de la camorra italiana afincada en esta ciudad y claro, también me dijo que no. Proseguí diciéndole que era notorio que Francesco tenía serios enemigos y por eso se rodeaba de muchos mercenarios que participaron en la guerra de los Balcanes, los cuales trabajaban para él como simples guardaespaldas, gente de gran lealtad hacia él y sin demasiados escrúpulos con los demás. Entonces me preguntó que porqué le contaba eso y yo le dije que tanto Francesco como su familia jamás salían solos, sino que se hacían acompañar siempre de sus matones. Le recordé que tenía muchos enemigos y que su hija, es mi mujer, es decir tú. Le dije que si era hábil y miraba con detenimiento a su alrededor podría darse cuenta de lo que le estaba hablando, pero le recomendé que mejor que disimulara si no quería buscarse problemas con ellos.

–¿Tú conoces a ese Francesco? –preguntó Cris.

–Por supuesto que no. Supongo que tú tampoco. No me dirás que existe ¿no? –sonrió él irónicamente.

Cris, sin pensárselo, abrazó a Dave con muchísima ternura y le devolvió el beso en la mejilla. Él pasó sus brazos alrededor de esa esbelta cintura, presionando su pecho contra sus senos mientras percibía el calor que emanaba de ese cuerpecito que tanto le atraía. Luego, coincidieron sus miradas durante largo rato, sin pestañear, sin sonreír, sólo dejándose llevar, dejando sentir la comunicación con su más íntima profundidad. Se percibían cómplices, se sentían una sola entidad, una sola unidad. La música no alteraba su manera de sentir, es más, les hacía sentir con más claridad, más intensidad. Cris se acercó aún más, todo lo que pudo, hasta intuir el erotismo, ahora desmedido, de Dave contra su ser, esa dureza que percibía frente a sí. Hasta que el cambio de música logró hacerla regresar de ese momentáneo trance. Sonrió, acercó su mejilla a la de Dave y le dijo al oído:

–Se nos ha hecho tarde y si no frenamos, esta noche la liamos.

–Te doy la razón –respondió él–. Mañana más y mejor –mientras le guiñaba el ojo y seguidamente, le daba otro beso en la mejilla.

Ella sonrió, se soltó del abrazo, cogió de la mano a Dave y tomando la iniciativa, lo condujo hacia la salida del local. Ya en la puerta y antes de salir, ella le cogió el botellín de agua de entre las manos, bebiéndose a grandes sorbos casi media botella. Una vez saciada y aún con la boca llena, abrazó a

Dave, acercó su rostro al de él y selló en un intenso beso unos labios con otros mientras le administraba, poco a poco, el agua que aún conservaba en su boca. Terminado el líquido, continuó con el beso, lamiendo sus dientes y sus labios mientras lo apretaba tierna y firmemente contra su cuerpo. Ambos permanecían con los ojos cerrados, inmersos en esa catarsis que cercenaba cualquier conexión con la ley de la gravedad. Simplemente, levitaban inertes hasta que Dave sintió una ligera presión por detrás cuando alguien le decía: –disculpen, necesitamos salir. –La interrupción los devolvió en un fogonazo a la realidad. Debían apartarse, estaban en medio de la entrada al local.

–Pensé que tenías sed, no habías bebido aún –dictaminó Cris.

–Gracias, me leíste el pensamiento –respondió él sonriendo complacido a su chica.

Tras hacerse a un lado, se tomaron de la mano, se miraron fijamente y sin mediar palabra, sellaron desde ese instante esa sabiduría de algo que empezaba a nacer, que empezaba a crecer sin dilación, sin prisas, sin necesidades, sin reglas, sin imposiciones, sin compromisos, sin abruptos y sin flaquezas. Sin destino ni dirección, sin fecha ni lugar, sin preocupación.

Dave, por trabajo, tuvo que regresar a su ciudad. Cris terminó esos días de descanso y reflexión y regresó también a casa para intentar reorganizar de nuevo su vida. Aunque la distancia para ellos podría sólo significaba eso, distancia, kilómetros, en realidad, la evidencia de sus sentimientos podría empezar a calificarlo como de algo subjetivo. Estaban unidos por un cordón umbilical y a pesar de no poderse tocar la piel, tenían conciencia de que habían pactado en silencio acariciarse el corazón. Por fin se habían encontrado, se habían reconocido entre tanto desaliento, entre tanta hipocresía, entre tanto bullicio vital. El planeta ya no sería lo mismo sin Cris para Dave y sin Dave para Cris. Esa noche, habían empezado ambos de nuevo a latir, de nuevo a vivir.

Cap. III – LA ESPERA

Pasaban las semanas y la situación resultaba insostenible para ambos. A Dave, su trabajo le atenazaba. Había épocas de gran ociosidad y otras en las que se sentía desbordado por la responsabilidad. Desde hacía unos meses se encontraba en la segunda situación. El teléfono e internet les solucionaba de forma temporal la situación y les permitía cubrir esa distancia insalvable, infranqueable. Les ayudaba a diseñar planes y compartir todo ese calor que físicamente no se podían profesar.

–Cuéntame algo más de tu vida. Lo único que sé es que tienes una gran capacidad para seducir – se rio Dave.

–Pues de eso no me considero responsable. Me impusieron esos genes.

–¿De dónde es tu familia? –preguntó Dave.

–Llevo una buena mezcla en mi sangre. Verás, nací en Argentina, pero la madre de mi padre era gallega y mi abuelo rumano. La madre de mi madre, también era española, de Zamora y mi abuelo era francés. Cuando me independicé trabajé para poderme ir a los estados unidos y allí me quedé.

–Entonces eres lo más cercano a un extraterrestre – sonrió Dave–. A ver, deja que me aclare –e hizo una pausa para aumentar el énfasis del discurso–. Entonces, tus abuelos son de Zamora, de Galicia, con ascendencia venusina, de raíces francesas y rumanas y tu saliste de Argentina y llegaste a la tierra prometida, bufff, que complicado.

–Lo de la ascendencia venusina no lo he constatado aún –dijo ella–. ¿Viste acaso asomar alguna antena en mi cabeza o detectaste algún rasgo extraterrestre que me delatara? De todos modos, esa genética es algo que no descarto, así que tendré que consultarlo con la familia –se rio Cris.

–Ahora que lo pienso –añadió él–, tu lengua me pareció bípeda.

–¡Que bruto, será bífida, no bípeda! –corrigió Cris.

–Veamos, has dicho en alguna ocasión que tengo una gran sonrisa y con ese calificativo te referías a su tamaño – analizó él.

–Al tamaño de la sonrisa, no al de la boca y no sólo me refería a tamaños –se reía Cris–. Confieso que tu sonrisa me fascinó.

–Pues bien, tu lengua es bípeda porque la usaste para recorrer con ella toda mi boca. Se dio una buena caminata por ella.

–¡Bobo! No lo puedo creer –decía Cris mientras reía sin parar–. ¡Esa respuesta la tenías preparada! ¡Como te ríes de mí! Aún no has visto caminar mi lengua por tu boca y como sigas así, no vas a tardar mucho en verla.

–No cariño, jamás podría reírme de ti, sería algo muy feo. Si me río es contigo, nos reímos juntos, que es la única manera que puede tener gracia –terminó Dave.

Su humor tenía varios registros y a Cris, todos ellos le resultaban divertidos. Pensaba en aquellos que se oponen a la broma, los que usan y abusan de la seriedad y creen que el tiempo es el propietario de esa seriedad. Por tanto, la viven y la utilizan como una tensión extrema del tiempo, una hipertensión del mismo, al valorar el tiempo como demasiado importante como para ser malbaratado con el humor. No existe nada calificable de absolutamente objetivo, todo es relativo, incluso lo es el tiempo. Teniendo en mente esa relatividad, parece más evidente entender la bondad de lo que significa ser independiente del tiempo y vivir en la broma, algo mucho más saludable, más llevadero, más vital que vivir en la seriedad de lo que llamamos realidad. La broma despierta y agiliza la mente aumentando la creatividad y la espontaneidad, cundiendo el tiempo mucho más si se vive sumergido en el humor que proporciona la broma. Reír era algo que casi había olvidado y deseaba seguir practicando.

Los días pasaban y el contacto se intensificaba. La elevada factura telefónica motivada por tanta conferencia a larga distancia causó alarma y tuvo que ser controlada, así que tomaron la determinación de usar de forma primordial Internet.

Dave residía en España y Cris en Estados Unidos, pero se trataba de algo puramente circunstancial ya que, por sus respectivos trabajos, ambos pasaban la mayoría del tiempo lejos de su lugar de residencia habitual. Recordaba los extraños términos que Dave acuñaba en esas sabias palabras con las que se refería al planeta Tierra como su patria:

–Vivo en la 'esfereta', ya que 'planeta' denotaría un astro plano. 'Redondeta' lo sacaría de ese plano, pero lo delimitaría a una representación en sólo dos dimensiones. En cambio, 'esfereta' explicaría en una sola palabra toda su realidad dimensional. Todo el mundo sabe que un planeta es esférico y no redondo y mucho menos plano. No es ningún planeta.

Para Cris, viajar había configurado desde hacía algunos años el eje principal de su vida, algo que en un primer momento le aportó una deseada libertad de espíritu pero que, en cuanto se convirtió en costumbre, poco a poco la fue envenenando hasta transformarse en tediosa esclavitud. Cuando alcanzas ese punto y deseas descansar, ya has engranado esa rueda que, con su inercia, frenarla no resulta algo trivial. Lo que en un principio fue su sueño y ventura, pasó a ser su amargo destino. Ese sufrimiento explica como el poderoso sucumbe en el poder, así como el rico en la riqueza, el que busca el placer sucumbe en los placeres y Cris sucumbió en su independencia.

Las coincidencias en sus estilos de vida eran pasmosamente similares, incluso ambos rozaban los treinta y cinco años de edad y ninguno de los dos se sentía realizado, ni completo, ni ostentaba claridad en sus objetivos, si es que, el solo hecho de estar vivo, se circunscribe forzosamente en el deber de ser tenedor de un destino bien definido. Ambos se habían dedicado a vivir observando al frente sin mirar a sus flancos, a dejarse deslumbrar por el brillo de la vida sin plantearse si la piedra que montaba la joya era falsa, a sobrevivir sin apenas pensar ni preguntar cuál era el criterio al que hubiera preferido ceñirse su yo interior, el vigía de esa parte inmortal de su propio ser. Encuadrarse en este nuevo panorama era casi una prueba de valor, un reto insondable en una categoría que, por las circunstancias de la vida, ninguno de los dos había antes experimentado. La carga hormonal liberada empezaba a dar muestras de evidente compromiso sentimental.

–Cris, ¿crees en algún momento que vamos muy deprisa? Pienso a menudo que lo que empieza rápido, termina rápido.

–Creo que vamos demasiado despacio –respondió ella–. Estoy cansada de vivir siempre vigilando dónde y cómo piso, de pensar sólo en los demás y olvidarme de mí misma. Creo que me merezco algo más, creo que me merezco un Dave –terminó con una notoria sonrisa.

–No puedo decir que no domines el arte de quedar bien –añadió Dave entre risas.

Por fin llegó un momento de calma y pudieron hacer un hueco en sus agendas. Iban a ser tres días y el destino planeado en esta ocasión, aprovechando unas reuniones a las que Cris necesitaba asistir, sería Valencia, España.

Los nervios se implantaron durante los días previos en el estómago de Cris. Se cerró y le costaba comer. Se sentía tan nerviosa que no recordaba una situación así ni tan solo en su adolescencia, cuando aquel chico de clase que tanto le gustaba y ante el cuál se ruborizaba, en el baile de fin de curso, le pidió bailar. Después de aquel pisotón, sin saber el motivo, perdió el encanto que durante tanto tiempo le había cautivado. En ocasiones, así son los caprichos de esa edad. Pero en esta ocasión, la madurez le imprimía otra huella a la situación y ningún pisotón podría hacerle desviar del destino que había elegido con ese hombre que le cortaba el aliento. La decisión estaba tomada, sería Valencia.

Cap. IV – CITA EN VALENCIA

Viernes por la mañana. Valencia había amanecido nublado. El clima era frío y con mucha humedad, los ánimos en sus mejores momentos. Cris había llegado temprano y había reservado habitación en una planta veinte de un moderno hotel con vistas al mar. Una cama ancha, decoración minimalista y una agenda cargada de trabajo para todo el día. Dave tenía una reunión por la mañana y luego tomaba el tren de alta velocidad desde Barcelona para llegar a medio día a la ciudad. Su hotel estaría en la misma zona, pero desconocía a qué distancia del de ella. Los planes eran verse, aunque sólo fuera un momento y luego, más tarde, por la noche, quedar para salir.

–Aló, ¿Estoy llamando al teléfono del paraíso? –preguntó Dave por teléfono–. ¿Es aquí el departamento de las hadas, allí donde también anidan los ángeles?

–¿Los ángeles anidan? –respondió Cris–. No tenía constancia de haber nacido de un huevo.

–Es que cuando oigo tu voz, debo poner atención para asegurarme que no confundí el número y llamé a un teléfono erótico –bromeó él–. Tu voz es tan dulce...

–¡Serás bobo! Estoy terminando. Quedamos en media hora donde te dije –concretó Cris.

La media hora se convirtió en una hora, así que Dave aguardaba hecho una madeja de nervios, aunque procuraba disimularlo lo mejor posible. Dave sabía guardar las formas.

Cris, ese día vestía con falda y tacones altos sin llegar al extremo de tener que dominar el arte del funambulismo por culpa de incómodos tacones de aguja. La blusa blanca y la chaqueta entallada le daban un aire de ejecutiva agresiva nada desdeñable. Dave, vestía traje azul marino muy oscuro, con camisa azul claro y corbata azul oscuro. Calzaba con gran dignidad unas botas negras que, con el traje, le conferían un aire trasgresor sin estropear el porte ejecutivo que procuraba el disfraz.

–Hola, hola, hola, siento el retraso –gritaba desde lejos Cris mostrando nerviosismo mientras llegaba a paso acelerado.

–No corras, que te vas a hacer daño con esos tacones. No quiero volver a recogerte del suelo –y soltó una carcajada.

–Me has descubierto –dijo ella–. Hoy pretendía hacer un picado y clavarte el pecho directamente en el ojo –sonrió con mucha ternura y picaresca.

–Suerte que se me ocurrió ponerme las gafas de sol –replicó Dave.

–¿Dejamos de decir sandeces y me das un abrazo como es debido? –reclamó Cris.

Cris saltó literalmente sobre Dave, el cual tuvo verdaderas dificultades para frenar el embate y mantener durante unos segundos el equilibrio. Luego, encontraron la mejor posición para encajar su abrazo y amoldar sus cuerpos perfectamente a sus respectivas figuras, ajustando completamente los intersticios y huecos que pudieran quedar. En pocos segundos formaban una única y conexa unidad difícil de disociar, emulando la más alta simbiosis deseada por ambos durante tanto tiempo. La espera, la distancia, los había mantenido unidos a un nivel envidiable por cualquier pareja. Habían sudado para lograr el reencuentro y aunque breve, por fin de nuevo estaban juntos. Cris mantenía su cabeza ladeada sobre el pecho de Dave, procurando calentar su mejilla con el calor que irradiaba a través de su corbata, le encantaba la suavidad del tejido al tacto. Sus manos acariciaban la espalda de Dave y con suma destreza perfilaba la sinuosa curvatura de su columna, vértebra por vértebra a través de esa aparatosa americana de la que, sin pensarlo, se hubiera deshecho al instante.

–Ese es mi culo –dijo Dave.

–¿A ver? Debo comprobarlo por si no lo hicieron en el aeropuerto.

–No vine en avión, sino en tren. –corrigió Dave.

–Bueno, pues para cuando tengas que volar –dijo ella. –Voy a proclamarme inspectora oficial de tu culo–. Ambos rieron.

Se separaron y se miraron sin hablarse, sólo sonriendo, gozando de esos instantes de paz y sosiego, de esas miradas penetrantes en ambas direcciones. La mejor manera de sentir es penetrar en el otro y eso lo realizaban a través de sus miradas intensas, golosas, apasionadas...

–¿Ya has comido? –preguntó Dave.

–Comí, sí, pero muy mal –dijo Cris mostrando una mueca de hastío–. Es que llevo un día muy frenético y aún me quedan dos reuniones. ¿Tú comiste?

–Sí, en el tren –respondió él–. Me compré un bocadillo. Luego me vine aquí a por el postre.

–Bobo. Verás tu cuando te dé postre –dijo Cris con una mirada provocadora que derritió a Dave.

–No me gustaría estropear nada por ir demasiado deprisa –dijo Dave–. Hoy vamos a estar cansados. ¿Qué te parece si cenamos y luego nos acostamos pronto?

–Me parece una brillante idea –respondió ella–. Es más, te iba a hacer la misma sugerencia. Mira la hora que es y ya me siento agotada. Aunque te confieso que sólo verte, aumentó mi carga energética –sonrió.

Para no complicarlo, decidieron por la noche darse cita en el mismo lugar. Cris salió disparada hacia la siguiente reunión y Dave se dispuso a terminar unos contratos y hacer unas cuantas llamadas telefónicas que había dejado pendientes. La hora se acercaba y Dave recibió un SMS. Era Cris, que le decía que la reunión se alargaba y necesitaba una hora más de margen. Dave le respondió que no había problema, pero que luego pensaba cobrárselo. La respuesta fue que preparara el champán, que pensaba emborracharlo para seducirlo. Dave procuraba no excitarse con las respuestas de Cris, pero le resultaba muy difícil reprimir ese libido, el cuál Cris le despertaba a cada instante. Ella dominaba el arte de la seducción, o al menos lo dominaba perfectamente con Dave y él, a pesar del aplomo y autosuficiencia que siempre había mostrado en situaciones parecidas, en esos momentos, se sentía completamente a merced de esa chica, sentía haber perdido su equipaje, su bagaje emocional.

–Hola bonito. –dijo Cris– ahora te he esperado yo.

–Disculpa, me retrasaron con una llamada importante. Pero sólo han sido cinco minutos. ¿Cómo te encuentras?

–La verdad que bastante cansada –dijo ella–. He tenido que hablar mucho.

Entraron en el restaurante. Era un local de montaditos, así que usaron dos platos para sobrecargarlos de todo tipo de alimentos, ambos estaban bastante hambrientos. Pidieron dos cervezas suaves, las cuales les fueron servidas con una rodaja de limón insertada en la boca de cada botella. Dave solicitó que le calentaran el plato en el que había agrupado las viandas que se comen calientes. Mientras lo entregaba, rozó con su brazo el costado y el antebrazo de Cris. Ella, desconcertada, se giró para observarlo por unos instantes. No entendía cómo un simple e inocente roce podía estremecerla de una forma tan inmediata e intensa. Su agotado semblante mostraba de nuevo ese hálito de vida y de alegría que minutos antes residía marchito en algún lugar de sí misma. Había traspasado ese umbral de la decadencia tras el aniquilamiento y la derrota, para hallarse en la más potente y plausible excitación. En su interior reía irónicamente intentando comprender, enmascarada en su propia burla, qué demonios le estaba sucediendo con ese hombre. –¡Sólo había sido un simple roce! – pensaba para sus adentros.

La cena se mantuvo en esa armonía y complicidad de la que no recordaba haber disfrutado con nadie. Tal vez hacía años con alguna amiga, pero estaba segura de que jamás con ninguna pareja, ni tan sólo en los inicios de cualquiera de las relaciones que había tenido anteriormente.

–Supongo que estás cansada para irnos a tomar algo –dijo Dave.

–¿Tanto se me nota? –respondió Cris.

–Para serte sincero, haces unas ojeras que cualquiera diría que te has puesto las sombras del párpado debajo de los ojos –dijo Dave en tono burlón–. Aunque hace un rato te veía muchísimo peor –añadió.

–Anda, exagerado –respondió ella–. Pero tienes razón, estoy agotada. ¿Te parece que mañana quedemos para dar un paseo por la zona del Aquarium?

–Me parecerá genial verte con la luz del día –dijo él–. Te acompaño a tu hotel, ¿dónde te hospedas?

–No recuerdo su nombre, está a dos calles de aquí, en una torre acristalada marrón –respondió Cris.

–Increíble, estoy en el mismo hotel.

Al unísono, los dos dijeron: –cosas del destino– y estallaron en risas.

Cap. V – EL BARCO

Por la mañana, a las 10:30 horas, quedaron para desayunar. El beso en la mejilla dio paso al primer abrazo del día. Cris, con los ojos aún cerrados, no se soltaba y argumentaba: –es que si te suelto me caigo. Aún estoy dormida. –Él, se deleitaba con ese abrazo, gozando de esa ternura que Cris le aportaba, inspirada en esos abscesos de feminidad desaforada. Ya en la mesa, Dave eligió las tostadas con mantequilla y azúcar. Luego explicó que no las comía desde hacía muchos años. De pequeño, los domingos, se las preparaba su madre al despertar, junto a un gran tazón de leche caliente. La leche, ya no recordaba desde cuando había desaparecido de su dieta y ahora, en sus desayunos, solía beber zumo de frutas. Cris tomó algunas galletas y tras probar las tostadas de Dave, se animó y éste le preparó un par de ellas que depositó en su plato. Terminado el manjar, se decidieron a dar el paseo acordado la noche anterior, pero en el instante de salir del comedor, Dave recibió una llamada telefónica. Cris aguardaba observándolo con detalle y pensaba en cómo le excitaba esa combinación de humor que solía tener Dave y la expresión de ingenuidad que gastaba un hombre que le parecía más maduro de lo que la gran mayoría lo era a su edad. Cuando terminó la llamada le dijo: –tenemos suerte. Tengo un amigo que nos deja su barco. Bueno, más bien es un velerito, pero para hacer una salida de unas horas puede ser divertido, ¿qué te parece?

–Pues que en el agua no me siento muy segura –respondió ella con una expresión de evidente angustia.

–Podemos ponernos el chaleco salvavidas –propuso él–. ¿Con eso te sentirías más segura?

–¿Y tiene que ser un velero? –preguntó ella buscando una respuesta donde encontrara mayor seguridad–. ¿No tiene algo más manejable?

–¿Te atreves con una lancha neumática? –preguntó él–. Me ha dicho que hoy la mar está muy quieta.

–Me atrevo, sí –respondió Cris en un arrebato demostrativo de coraje.

Tras subir cada uno a su habitación a ponerse ropa cómoda, un taxi los llevó hasta el puerto deportivo. Allí los aguardaba una persona que los acompañó hasta el amarre donde su amigo tenía el velero y la neumática. El velero no era tan pequeño como Dave le quiso dar a entender. Disponía de un solo mástil, pero su eslora era de casi veinte metros, con una manga más ancha que la que suele apreciarse en cruceros de este tipo. La neumática era el chinchorro de emergencia del "velerito". Se trataba de una lancha neumática con impulsor jet como el de las motos de agua. Al eliminar los peligros de la inexistente hélice, la popa de la embarcación aportaba una gran seguridad y al carecer del típico armatoste de la caja del fueraborda, su aspecto compacto aliviaba en gran medida su estética. Se abrocharon los chalecos, metieron todo lo delicado y susceptible de mojarse dentro de una bolsa estanca al agua y salieron navegando a un máximo de los reglamentarios tres nudos hacia la bocana del puerto. Una vez fuera, Dave paró el motor y dijo: –ahora te toca a ti.

–No, no, no, que no se conducir barcos –dijo Cris–. ¡Tú estás loco si confías en no hundirnos conmigo al timón!

–Creo que, si pretendo algo más serio contigo, bien tendré que arriesgarme y empezar a confiar en ti, ¿no crees? –preguntó Dave.

A ella le agradó la confesión de intención de compromiso que destilaron las palabras de Dave y la sonrisa que él esgrimía mientras la miraba, la cautivaba, la embelesaba hasta morar exiguo, en su rincón más personal. No podía dejar de mirarlo. Además, le pasaba el mando de la embarcación con tanta ternura y con esa ilimitada expresión de cariño, que ella se veía incapaz de contrariarlo.

–Vale, aceptó –dijo Cris–. Pero yo avisé.

En un arranque de firme decisión, llenó sus pulmones como el que pretende hinchar un gran zepelín de un solo soplido y se puso al mando del pequeño timón con Dave frente a ella observándola, casi comiéndosela con la mirada. Los nervios nunca serán grandes aliados del patrón y en esos momentos, ella los tenía a flor de piel. Absorta en la situación, con esos ojos complacientes frente a ella, el horizonte a su través, la ligera brisa en su semblante, el aroma a sal llenando sus pulmones y el agua, como inagotable testigo a su alrededor, ni pensaba ni calculaba los resultados y agarrando con firmeza la palanca de gas, tiró enérgicamente de ella. La inesperada potencia del motor levantó la proa y el pobre y sorprendido Dave perdió el equilibrio, tropezando y lanzándose sobre Cris. El impacto la precipitó al agua por la popa de la embarcación seguida por Dave, hundiéndose ambos en las frías aguas mediterráneas. Por suerte, el mecanismo del 'hombre al agua' aún estaba enganchado a la muñeca de él y la lancha se detuvo de inmediato. Ambos, en el agua, se miraban sonriendo sin mediar palabra. Los chalecos los mantenían a flote sin ninguna dificultad.

–¿Te das cuenta como no debía ponerme al timón? –dijo Cris.

–Como no salgamos del agua nos vamos a congelar –dijo Dave con esa eterna sonrisa en la que, sin pretenderlo, acomodaba la situación. Inmediatamente saltó a la embarcación y ayudó a subir a Cris tirando de ella. Una vez superó la borda, Dave patinó cayendo de espaldas y ella, perdiendo a Dave como su único punto de apoyo y tal y como ocurrió la última vez en el parque, fue a parar irremediablemente sobre él. Esta vez no cabían disculpas. Esta vez lo besó con suma dulzura hasta que percibió el tierno y anhelado abrazo de Dave.

De nuevo en el amarre, entraron rápidamente al velero para secarse. Estaban empapados y muertos de frío. Dave le dio dos toallas a Cris y le mostró el camarote donde podía ducharse y cambiarse. Mientras, amarró bien la motora y empezó a preparar algo caliente. Cris se quitó toda la ropa y tras ducharse, salió al salón envuelta en la toalla blanca, secándose el pelo con la otra. Cuando Dave la vio salir, sus instintos lo paralizaron por unos segundos. La observaba embelesado, gozaba con la imagen sin articular palabra. La fascinación que sentía en esos momentos bloqueaba su actividad y le impedía reaccionar. Le impedía incluso pensar, relegando su iniciativa a sólo sentir.

–Me he quedado helado y no se si es por el agua fría o al ver lo bien que te queda esa toalla –se reía Dave.

Cris le sonrió y contestó: –¿Así que crees que me queda mejor la toalla que nada? –. En ese lapso, Cris se dio cuenta de que la pregunta, lejos de su intención, fácilmente podría malinterpretarse, algo que inmediatamente aprovechó Dave:

–Tienes razón, estarías mejor sin toalla, pero agarrarías tal resfriado que sería imposible abusar de ti. Tienes los labios morados –y siguió comportándose como sin darle importancia al comentario.

La vergüenza se hizo evidente en el rostro de Cris. Mientras él añadía: –debes de estar congelada, ahora tienes la cara colorada.

Daba la sensación de que Dave siempre tuviera preparada esa frase perfecta indicada para cada situación, algo que a ella le exigía la necesidad de aumentar su destreza y así mejorar la espontaneidad. Necesitaba, más que nunca, convertirla en un hábito si no quería caer de nuevo en una situación comprometida como aquella. Ahora le tocaba a Dave, así que desapareció en el camarote de proa y a los pocos minutos salió con una toalla en la cintura y otra con la que, tras secarse el pelo, dejó colgada sobre sus hombros.

–He puesto la estufa –dijo él–. Ya empieza a caldearse el ambiente, pero, ¡qué frío hace! Cuando se lo cuente a mi amigo, el dueño del barco, se reirá durante toda una semana. ¡Vaya experiencia! –se reía.

Dave no era muy alto. Con algo más de metro setenta, superaba en unos diez centímetros a Cris. Hacía tan solo veinticinco años que los ciento setenta centímetros eran considerados la media de altura del hombre español y en sólo unas pocas décadas, esa media, ya fuera por el cambio de alimentación o bien por la mezcla poblacional debida a los movimientos demográficos, había cambiado de forma evidente. La compensación llegaba de su ancha espalda, la cual hacía que la toalla pareciera un trapito de cocina mal colocado.

–No esperaba desnudarte, por lo menos, hasta después de cenar –añadió Dave.

–Yo tampoco esperaba desnudarme tan pronto contigo –dijo Cris–. Pero no esperes que cada vez que salgamos en barco termine igual. Parece que hacerme la estrecha contigo no se me da muy bien –sentenció con cierto control sobre su temperamento o al menos, manejando mejor que antes su vergüenza y la situación.

–¿Así es cómo sueles hacerte la estrecha? –comentó él–. Me encantas, bomboncito. No lo negaré, resulta tentador hacerte entrar en calor –y le añadió un guiño a la sonrisa reglamentaria.

Mientras tomaban una sopa caliente, a él le costaba horrores disimular. Su vista resbalaba continuamente desde la cuchara hasta aquella tentadora criatura envuelta en una toalla. Observaba su delicada expresión mientras ella apoyaba la cuchara en su boca, bebiendo a pequeños sorbos para no quemarse; sus ojos confiados sin apartarlos del plato; su esbelto y largo cuello; sus delicadas manos y esa manera tan deliciosa de mover los largos dedos; sus delgadas piernas, juntas y apretadas, tan femeninas, toda ella tan tierna, tan sensual; sus pies, de extrema fineza, descalzos, con unos deditos bien alineados, con las uñas esmaltadas con tanta delicadeza. Tras terminarse la sopa, que les templó de nuevo el ánimo, los labios de Cris adquirieron una bonita tonalidad roja, exponente de máxima sensualidad que, en combinación con el pelo suelto y húmedo y la toalla blanca que llevaba por vestido, resultaba de un erotismo desmedido.

Dada la situación y con el propósito de evitar intimidarla, Dave procuraba mostrarse lo más correcto posible e incluso hasta algo distante. Cris, ya había entrado en calor, aunque, a decir verdad, lo había hecho a todos los niveles. El muslo de Dave, asomando por los pliegues de su toalla, no dejaba de provocar sus más oscuras fantasías. Se vislumbraba una pierna fuerte, cubierta de una cantidad moderada de vello y con una musculatura muy bien definida a pesar de que había dejado claro en alguna ocasión, que no es de los que pierdan el tiempo desgastando el cuerpo en el gimnasio. Sus saludables hábitos alimenticios, sin duda mostraban en su estética los buenos resultados. Cris, a nivel tele kinésico, se esforzaba en instruir a esa toalla para que se abriera, resbalara y finalmente se desplomara en el suelo, aunque sabía que similares poderes no lograrían superar la barrera de su desmedida fantasía. Aun así, observaba detenidamente ese muslo y se imaginaba metiendo lentamente su mano mientras observaba, seria e inmutable, la expresión de sorpresa de Dave sintiendo esa mano caliente, suave, inexorable, ascendiendo por su entrepierna en dirección al calibre de su instruido aparato: duro, templado y ardiente de pasión. Se le hacía la boca agua viéndose lamer ese torso desnudo mientras él acariciaba su pelo, su nuca y su espalda.

–Terminaste la sopa ¿quieres un poco más? –interrumpió él entregándole una de sus magnéticas sonrisas.

–No gracias, tengo suficiente. Me ha sentado muy bien.

Él buscó algo de ropa que ponerse por entre los armarios.

–Lo único que no tenemos es muda interior y calzado seco –solucionó él mientras le ofrecía algunas prendas a Cris–, pero al menos esto nos sacará del apuro.

Luego regresaron al hotel para asearse mejor y reponerse. Además, ambos aprovecharían a contestar los Correos Electrónicos y prepararse para luego ir a cenar.

–Me han hablado de un restaurante donde tocan música de piano en vivo –dijo Cris.

–La idea me parece formidable –ratificó él–. ¿Cómo crees que habrá que ir vestido? ¿Tal vez podríamos...?

Cris inmediatamente interrumpió: –me apetece estrenar un vestido de noche, aunque, no estoy segura de si me quedará mejor que esa toalla– se rio mientras utilizaba una de esas miradas de sensual amazona.

–Me parece que nos vamos a llevar muy bien –dijo él ironizando esa sonrisa en una combinación de bondad que culminaba en éxito cada vez que la utilizaba con ella. –Quedamos a las 20:30 horas en el bar del hotel.

Cap. VI – TREN NOCTURNO

Ya en su habitación, Cris, como un saco de patatas, cayó rendida en caída libre sobre la colcha de la cama. Una vez tumbada, empujó con el pie un zapato y luego el otro hasta que ambos cayeron al suelo provocando un sonido hueco sobre la moqueta. Las ropas le molestaban, estaba cansada, pero se sentía enérgica y muy excitada. Recordaba la experiencia de esa tarde y se le dibujaba una sonrisa en la que subscribía su propia complicidad.

Durante ese repaso mental de sensaciones, llegó a su mente un comentario que hizo Dave cuando le dijo que había llegado en tren. Eso la conectó con otro recuerdo relativamente cercano en el que ella y Marta, su gran amiga de la infancia, pasaron una inolvidable noche en un incómodo pero excitante asiento reclinable en un tren de larga distancia. La experiencia tuvo lugar dos semanas antes de conocer a Dave en Madrid, prácticamente al inicio de ese viaje por España. Marta voló desde París, lugar donde residía actualmente con su marido, hasta Barcelona, donde las dos amigas se encontrarían. Se conocían desde la infancia, pero las circunstancias de la vida las mantenía alejadas en países distantes, permitiéndose espaciados reencuentros cada ciertos años. En esta ocasión, Marta pidió unos días de vacaciones para poder acompañar y animar a su amiga en esos momentos de bajón sentimental al que cualquier divorcio te puede arrastrar. Cuando estaban juntas, desaparecían los problemas y afloraba, en cierto sentido, aquella inconsciencia que dejaron atrás en la adolescencia.

Barcelona siempre ha sido una ciudad avanzada a su tiempo. Su dinamismo marcaba grandes contrastes de una década a otra y cada vez que la visitaban, la sentían como transformada, como desconocida. Marta sólo disponía de nueve días, así que dedicaron seis días a Barcelona y los tres últimos días los iban a pasar en Madrid. Para ello, una vez terminada la estancia en la ciudad, decidieron viajar en tren hasta la capital y así poder descansar por la noche durante el viaje de ocho horas, algo que les permitiría aprovechar mejor el día siguiente. El inconveniente fue que el único tren nocturno ya no disponía de literas, así que tuvieron que conformarse con asientos calificados de 'Preferente'. Se trataba de una camareta con seis anchos asientos frente a frente en línea de a tres, a la que se accedía por un pasillo tan largo como el vagón, con ventanas a un lado y toda la línea de camaretas al otro. Cuando llegaron a su dependencia, ya se habían acomodado dos chicos muy jovencitos, los cuales se entretenían jugando al ajedrez en un ordenador portátil y una mujer gruesa, ensimismada en sus pensamientos mientras observaba a través de la ventana. Ellas saludaron, pero no obtuvieron respuesta de ninguno de sus eventuales compañeros de viaje. Ocuparon los asientos junto a la mujer y Cris, quedó sentada junto a la puerta acristalada corredera del pasillo, frente al asiento que aún permanecía vacío junto a los chicos. Todos eran extranjeros y deducía que los chicos, por sus acentos, pertenecían a países de Europa del Este. El tren se puso en marcha, avanzando tan lentamente en su desplazamiento, que su movimiento resultaba casi imperceptible. En mitad de todos esos pensamientos, entró el último pasajero, un atractivo hombre joven de aproximadamente su misma edad y que, físicamente, se parecía bastante a Dave. Pensaba en que, ese sorprendente parecido, fue lo que le trajo de nuevo el recuerdo de esa experiencia nocturna en el tren.

El hombre saludó amablemente en inglés. Parecía muy agradable y algo tímido. Vestía jeans negros, suéter negro, botas negras y una franca sonrisa blanca. Mientras colocaba su abrigo en el estante, Marta, disimuladamente, le dio un ligero codazo a su amiga indicándole, mediante un gesto, que alguien así es lo que a Cris le convenía. Cris se rió y respondió al gesto con otro que indicaba la paciencia que debía tener con su alocada amiga. Marta había cambiado mucho, pero en la adolescencia siempre fue un terremoto sin ningún tipo de complejos ni vergüenzas. Cris, solía ser la prudente, el raciocinio del dúo. Volviendo al nuevo compañero de viaje, su porte evidenciaba a una persona limpia y educada. Desde que se sentó, se concentró en la lectura que traía en su ordenador, hasta que los chicos y la otra mujer decidieron acostarse, momento en el que perturbaron la tranquilidad de su aislamiento mental. Para ello, mediante una palanca, reclinaron los asientos que podían avanzar hasta tocar frente a frente unos con otros, configurando de ese modo una singular cama. Como no se conocían, solo los desplegaron hasta tocarse las piernas, colocándose lo más cómodo que esa posición les permitía. Marta y Cris seguían hablando mientras el apuesto hombre de nuevo permanecía absorto leyendo, sin prestar atención a lo que ocurría a su alrededor.

–Mañana estaremos agotadas. ¿Intentamos dormir? –dijo Marta.

A lo que Cris asintió e intentó bajar y reclinar un poco el asiento. En el proceso, tocó sensiblemente la rodilla del hombre para llamar su atención y le dijo e indicó con gestos que, si quería, podía estirar las piernas sobre el lado de su asiento. El hombre sonrió agradecido y le indicó que ella también podía subir los pies a su asiento, cosa que Cris, que ya se había descalzado, hizo de inmediato, subiendo sus pies enfundados en calcetines blancos hasta una altura en la que el desconocido los tomó delicadamente en su mano y los colocó junto a sus piernas, tirando de ellos para ofrecerle mayor comodidad. Seguidamente tiró de la palanca del asiento de Cris y dejó que éste se reclinara hasta quedar totalmente horizontal, haciéndole luego señas con la mano para que se tumbara tranquila a descansar. Cris se mostraba muy complacida con la situación, se sentía querida y en cierto modo, tal vez en su fantasía, se sintió deseada, aunque era consciente de que el desconocido, en ningún momento, había demostrado nada parecido. Marta, viendo la situación, le indicó que podía reclinar su asiento y lo animaba a juntarlo con el de Cris. Curiosamente, Marta no hizo lo mismo con el chico que se sentaba frente a ella, algo que evidenciaba las artes de celestina que practicaba en esos momentos con su amiga, la cual mostró ser consciente de ello mirándola y devolviendo una sonrisa de complicidad. Mientras, el hombre hacía señas e intentaba expresar en su escaso inglés, que no se preocuparan, ya que aún quería leer un rato. Por su acento, creía que su origen podría ser alemán, aunque sus ropas, más bien le conferían un aire italiano o parisino. Había oído hablar de que, en ciudades como Múnich o Berlín, se podía adquirir ropa que nada tenía que envidiar a los centros mundiales de pasarela de moda.

Pasados unos quince minutos, llegaron a una estación, tan lentamente como había arrancado el tren en su partida, siendo perceptible la estación sólo gracias a la luminosidad del andén. El desconocido se levantó y haciendo acrobacias entre piernas y asientos, cerró las cortinas y apagó las luces para que todos pudieran descansar. Luego, él siguió leyendo un rato en su ordenador hasta que decidió acostarse. Para ello, reclinó su asiento hasta quedar unido al de Cris e intentó acurrucarse en un bolillo por debajo de las piernas de ella que yacía de lado mirando hacia el interior del habitáculo, es decir, mirando hacia Marta. Él quedó tumbado mirando hacia la cortina que colgaba frente a la puerta de cristal de acceso al pasillo. Resultaba evidente que, con la intención de no molestarla con sus pies, prefirió adoptar tan incómoda postura, colocándose desafortunadamente con su cabeza a la altura de los glúteos de Cris, lo que le ocasionaba, con tal de mantener una decente distancia, el tener que forzar aún más su ya de por sí incómoda postura. Ante semejante actividad, Marta, que se desveló momentáneamente, se incorporó y tomándolo de un brazo, hizo el gesto de tirar de él, como queriéndole indicar que se acostara junto a Cris para estar más cómodo. La situación era de lo más extraña e inverosímil para todos, aunque debido a ese punto cómico que destilaba, mantenía cómplices y partícipes a todos sus integrantes. Cris siempre se había mostrado muy recatada en su comportamiento en público y yacer junto a un completo extraño, del que apenas conocía el tono de voz, resultaba algo fuera de toda lógica. Él demostraba sorpresa hasta que Cris, también despierta, secundó la idea de su amiga y le indicó con la mano que se acostara junto a ella, cosa que él hizo con cuidado.

Haciendo alarde de una máxima prudencia, el desconocido se apretaba contra la pared y puerta de cristal para no tocar el cuerpo de Cris quien, al darse cuenta y para que no se sintiera incómodo, giró su cabeza, lo miró y le indicó que no se preocupara, que se pusiera cómodo. Marta, colaborando en las relaciones internacionales y para conseguir que lo entendiera, lo agarró suavemente por la cintura y tiró levemente de él, indicándole que se acercara a Cris. Éste obedeció y Cris sintió como su cuerpo se encajaba perfectamente al de ella, conformando sus piernas un molde exacto de las piernas y glúteos de Cris. Con su expresión, indicó a Marta que era una locura lo que estaba sucediendo. Marta le guiñó el ojo y luego tomó la mano del extraño y tirando de ella, la colocó sobre la cintura de Cris. Él se mostraba extrañado con lo que estaba sucediendo, aunque al fin se conformó, tras lo cuál, Marta, contenta con el resultado, decidió tomar la mejor posición para dormir y ladeándose mirando hacia el interior de la estancia, colocó una prenda bajo su cabeza y se recostó. Cris sentía detrás de ella el calor de ese cuerpo a lo largo del suyo y esa respiración calmada en su nuca. Percibía esos dedos inmóviles posados sobre su cadera e intentaba identificar las sensaciones que todo ello le traía, le era imposible conciliar el sueño. Sabía que no estaba receptiva, pero algo se le había activado en su interior. Tal vez era parte de un reto para transgredir las reglas sociales que llevan sin darte cuenta a la rutina y a la monotonía. La situación daba mucho que pensar. Sin la colaboración de Marta, estaba segura de que no hubiera llegado jamás tan lejos con ese extraño, por muy atractivo que este fuera.

La improvisada cama no resultaba lo cómoda a lo que su colchón la tenía acostumbrada y con el fin de asentar mejor el hueso de su pelvis, movió ligeramente su cadera. Inmediatamente notó como la mano de su compañero de viaje encontraba mejor sustento mientras sus dedos se deslizaban ligeramente, sólo, un par de centímetros por debajo de su blusa hacia su cintura. Notó en su piel desnuda esa agradable caricia aplicada por unos dedos de suavidad manifiesta los cuales, inmóviles, le transmitían algún tipo de energía desconocida. Instintivamente volvió a moverse, esta vez presionando ligeramente su trasero hacia atrás. Su compañero, al recibirla, se encajó mucho mejor, fusionándose literalmente a su cuerpo. Cris notó como esos dedos, casi imperceptiblemente, aumentaban la presión, tirando de ella hacia atrás. Era tan ligera e imperceptible esa presión, que no estaba segura de que la misma existiera o de que, el deseo que su imaginación le infundía, pudiera acertar la realidad. Pero siendo imaginario o no, lo cierto es que se sentía ligada y fusionada con él por alguna clase de energía, la cual la estremecía de tal modo que, sin apenas darse cuenta, sus caderas iniciaron un avance y retroceso rítmico, con movimientos de escasos milímetros, mientras que esa mano sobre su cintura ya mostraba claros indicios de acompasar idéntico movimiento mientras sus dedos acariciaban ligeramente su piel. El caos llegó cuando sus caricias se precipitaron lentamente hacia su vientre, llevándola definitivamente al pánico. Inmediatamente cogió con su mano la de él y moviendo lentamente la cabeza de un lado al otro, le pidió que no siguiera. El hombre intentó retirar la mano, pero el instinto de Cris volvió a actuar y la sujetó fuertemente, inmovilizándola en su vientre. Estaba segura de que el hombre, en esos momentos, no entendería nada. Ella se encontraba en una evidente dicotomía: su ética contra su moral, lo deseado contra lo correcto o más bien, contra lo que la sociedad acepta.

Todo se paralizó por unos instantes, tal vez un minuto, aunque a ella le pareció una hora. El aire era denso y pesado, casi tanto como lo era la ropa en esos momentos. La llegada a otra estación era anunciada por la tenue luz que traspasaba las cortinas. Cris buscaba en sus pensamientos el motivo de su bloqueo en oposición frontal contra sus deseos. Todos dormían menos Cris y evidentemente, el otro pasajero que, con tanta calidez, le dedicaba su acogedor abrazo. Dedujo que el miedo a ser descubiertos por los demás viajeros era lo que atenazaba y paralizaba sus impulsos. La exagerada presión con la que mantenía agarrada la mano de él le había entumecido los dedos y el gran anillo que llevaba, mortificó por unos instantes esa poca sensibilidad que le quedaba. Así que se soltó de esa pasión y segundos después, una clara respuesta se manifestó por parte de su anfitrión, que empezó a acariciarle un dedo, luego el otro y finalmente, regaló toda clase de atenciones y roces por toda su mano. Cada caricia, cada mimo, cada bendición, se filtraba con infinita compasión en el alma asolada de Cris, recibiéndose como néctar de agradecido beneficio, una pócima que revitalizaba a una mujer anulada durante más de una década. Se deleitaba con cada masaje, con cada caricia y gustosa, le correspondía de la misma manera. Las caricias aumentaron poco a poco el radio de acción, llegando de nuevo a su vientre e incluso al límite de su pubis. El extraño actuaba con mucha prudencia, incluso podría, en otras circunstancias, llegar a calificarse como de decoroso. No recordaba haber tenido jamás una experiencia íntima tan prolongada en la que hubiera tan poco intercambio de cualquier tipo de fluidos.

La ternura enmascarada tras una cortina de besos se precipitó por sorpresa derramándose en su nuca. Su reacción fue la de girar ligeramente la cabeza. Miríadas de besos se posaron a lo largo de todo su cuello hasta llegar a su oreja, lo que dio paso a ese cálido aliento que la dejó desarmada. Lamió su lóbulo y la estremeció. Girando aún más su cabeza, coincidió esa lengua húmeda, cálida, paciente, lánguida, en la comisura de sus labios. Su pasión deseaba más. Un ruido detuvo el frenesí de la escena y ambos quedaron paralizados analizando la situación. Marta empezó a moverse y se giró en dirección hacia donde se encontraba la pareja. Ambos volvieron inmediatamente a su posición inicial. Una vez todo en su sitio, vieron como Marta abría ligeramente un ojo para colocarse bien la chaqueta que utilizaba de almohada y luego siguió durmiendo. El corazón bombeaba con fuerza, la respiración alterada y el deseo abrasando por dentro, hasta que sintió como una mano acariciaba sus nalgas y ascendía bajo la blusa para luego alcanzar su espalda. La cara de Marta permanecía frente a la de Cris y eso la mantenía rígida por temor a que abriera los ojos. Deseaba que se girara de nuevo, pero eso no dependía de ella. Le hubiera encantado estar a solas con ese hombre para deshacerse de todas sus ropas y dejarse llevar sin más. Se imaginaba entrando en una especie de dimensión paralela en la que se paraba el reloj para todos excepto para ellos dos, donde ella se giraba y se entregaba apasionadamente a los besos de él y donde la pasión encendía al extraño que le arrancaba todas sus ropas para, antes de poseer su cuerpo y su alma, contemplar esa desnudez sumido en el éxtasis.

Sintió otra mano acariciando su nuca y su cuello. La mano que teñía de gracia su espalda ascendió a su costado y avanzó de nuevo hasta su vientre. La suavidad con la que la tocaba, la mantenía paralizada, se sentía muy excitada, tanto era así que escondía su vientre imaginando así facilitar el descenso de esas caricias hacia sus partes más íntimas, aunque al instante, recuperaba la posición en una especie de combate contra su otro yo. El otro brazo le molestaba y Cris levantó ligeramente la cabeza, momento en el que él aprovechó para pasarlo por debajo de ella, abrazándola por encima de sus senos. Parecían tan compenetrados en sus movimientos que no acertaba a entender el motivo. Existía una coordinación que se originaba de forma automática con una fluidez desconocida para ella. Se sentía querida y deseada como hacía tiempo no recordaba. Esos brazos, esos labios y esa piel sin nombre parecían no utilizar ningún tipo de perfume, pero en cambio, el olor que desprendía copaba su conciencia, era delicioso, absorbente, magnético y deseaba más. Deseaba más besos, deseaba ser lamida hasta en los lugares más secretos. Otro ruido volvió a paralizarlos. Esta vez el chico junto a la ventana se desveló, se incorporó y abriendo la cortina, metió la cabeza para mirar a la estación a la que llegaban en esos momentos. Inmediatamente Cris agarró la mano que tenía sobre el vientre y la empujó hacia atrás de su espalda. El eventual amante permaneció quieto de nuevo sin moverse. De nuevo el corazón bombeaba con fuerza y su cuerpo, en contraposición, permanecía rígido e inmóvil. El movimiento del chico también desveló ligeramente a Marta que volvió incorporarse y a girarse en la otra dirección. Tras unos minutos, el chico volvió a tumbarse y en unos instantes se oía su respiración evidenciando que se encontraba de nuevo en sueño profundo.

La mano que permanecía delante de sus senos empezó a acariciar su mejilla, su barbilla, su cuello e iba bajando por el centro del escote hasta que se coló por debajo del sujetador. Allí permaneció unos instantes y de repente, tomó otra dirección, hasta percibir como el pezón quedaba bajo la influencia de esos dedos que lo acariciaban con extrema delicadeza. La excitación que le invadía aumentó cuando notó como, con la otra mano, la que se encontraba en la espalda, le acariciaba las nalgas e iniciaba un recorrido descendente hasta penetrar por entre las piernas, contorneando perfectamente su prieto trasero y accediendo a su parte más pasional. Notaba como sus dedos perfilaban la forma de su sexo a través de sus ropas. Se sentía excitada hasta el punto de percibir su propia humedad. Pensó que eso estaba tomando demasiada velocidad y de nuevo giró la cabeza y susurró: –No, no– mientras agarraba la mano con fuerza. Él inmediatamente paró, aunque su otra mano seguía posada suave, tierna, caliente, sobre uno de sus senos, acariciando con suavidad ese pezón duro como el acero, caliente como la lumbre y sensible en la inmensidad. Ella se encontraba tan a gusto con él...

De nuevo, movimiento en el tren, acompañado de cambio de posición en los compañeros de viaje. Parecía que la mujer gruesa había despertado. Cris miró el reloj de pulsera y vio que eran las 6:30 horas. Faltaba una hora para llegar a destino. Tenía necesidad de ir al servicio, así que, con cuidado, separó la mano que reposaba en su pecho y se incorporó. Abrió la puerta corredera y pasando por encima de las piernas del hombre, salió al pasillo donde se calzó las deportivas y se dirigió con su bolso hacia el final del vagón, donde se encontraba el lavabo. Le sorprendía que, tras tantas horas de vigilia, no tuviera sueño. Le había parecido una noche muy corta. A pesar de no estar ya bajo el influjo de ese delicioso abrazo, se percibía aún muy excitada. No dejaba de pensar en el sensible y cariñoso desconocido. Hubiera deseado que se prolongara la noche para no abandonar aún ese embrujo.

De regreso al camarote se encontró al hombre calzándose las botas para tomar el relevo del lavabo. Dentro del camarote, la mujer gruesa y el chico frente a ella estaban despiertos. Cuando el hombre hubo salido, ella subió completamente el asiento de enfrente y un poco su asiento para así dejar espacio con la intención de poder bajar el neceser del estante superior. Luego se sentó a esperar para volver al servicio cuando regresara su compañero de aventura, pero en la espera le venció el sueño y despertó cuando llegaban a una estación. El hombre, que ya se encontraba sentado frente a ella, leía en su ordenador portátil y al ver que Cris se incorporaba, la miró y sonrió. Cris le devolvió la sonrisa y sonrojada, se levantó y se dirigió veloz de nuevo al lavabo. Al regresar, el hombre había desaparecido. Parece ser que esa era su estación y no tuvo ocasión de cruzar unas palabras, de intercambiarse sus direcciones o sus teléfonos, nada. Jamás volvería a verlo, jamás repetiría una experiencia como aquella, algo que, inesperadamente la entristeció.

Su amiga ya estaba despierta, aunque, debido a la incomodidad de la noche, su expresión rayaba el sonambulismo. Así que, sin mediar palabra, se puso a recoger sus cosas y a reincorporar totalmente el asiento cuando, al levantar la chaqueta para sentarse, encontró una tarjeta de visita que el desconocido le había dejado. El destino le mostraba una puerta y le entregaba las llaves para abrirla. La decisión de utilizarla sólo le correspondía a ella. La guardó en su bolso como oro en paño y el recuerdo quedó archivado entre finas sedas directamente en su corazón.

Cap. VII – EL PIANO

Tras pasar por la ducha, aplicarse las pertinentes lociones, cremas y aceites, la piel resplandecía y causaba esa deliciosa sensación que incitaba a abrazarse a ella misma. Se miraba frente al espejo y practicaba la sensualidad en su mirada y los gestos hechizantes, aunque sabía que luego, los nervios y la velocidad de la situación, solían dar al traste con tanta práctica premeditada. El vestido era largo, negro, con un brillo ligero, de espalda descubierta y con un patronaje que resaltaba la espectacularidad de las sinuosas curvas que modelaban su atlética figura. Zapatos negros de alto y fino tacón, que mostraban el empeine y cubrían los dedos. El pelo recogido completaba una visión majestuosa de ese estilizado cuello, flanqueado por unos discretos pendientes a juego con un liviano colgante de circonitas y una negra gema centrada, la cual parecía combinar perfectamente con sus hermosos y brillantes cabellos negros, presididos con esa radiante luz que conferían sus expresivos y oscuros ojos marrones. Como perfume escogió, de entre su extensa colección, una esencia suave, frutal, y de intensidad moderada con la cuál ni se sucumbía a su magia, ni pasaba desapercibida a un metro de distancia, pero que era lo suficientemente discreta como para provocar una inconsciente aproximación que permitiera gozar del aroma hipnótico desprendido al situarse sobre la piel de su nuca, del interior de sus delicadas muñecas e incluso, entre los muslos de sus tersas piernas.

Las 20:30 horas y Dave esperaba en la barra del bar hablando por teléfono. En la sala enmoquetada burdeos, destacaba una barra alargada con taburetes altos forrados en piel gris y lámparas con pantallas cónicas de lino beige colgaban sobre la barra. La suave música de fondo añadía una atmósfera agradable que permitía mantener una conversación sin necesidad de elevar demasiado el tono de voz. Dave vestía con pantalón negro, camisa blanca de manga larga y una americana a juego con el pantalón. Había depositado su abrigo gris oscuro sobre un taburete junto a él. En cuanto Dave vio entrar a Cris con ese vestido se quedó mudo. Sólo pudo pronunciar un rápido –disculpa, mañana te llamo, en estos momentos debo dejarte– y cortó la llamada.

Cuando Cris estuvo delante él dijo: –¿Nos conocemos? Me suenan sus muslos, pero, seré franco, tanta belleza me desconcierta, me abruma.

–Muy amable caballero –dijo Cris siguiéndole el teatro–. Tal vez nos conocimos en otra vida. ¿Cree usted que podré obtener la gracia de ser invitada a una copa? Por supuesto, deberá acompañarme.

–No tengo por costumbre beber –respondió Dave–, aunque tal vez en esta ocasión, haga una ligera excepción. –¿Qué le apetece tomar? ¿Tal vez le apetecería un vermut blanco?

–¡Camarero!, sírvanos dos Martini blancos por favor –gritó decidida Cris.

Agachados y ligeramente encorvados sobre esas altas sillas de bar, la conversación llevó varias copas y se prolongó por más de una hora. Tal vez, la mezcla de bebidas había conseguido que, no sólo Dave, sino también Cris, estuviera algo más que contenta, aunque sin signos visibles de embriaguez.

–¿Vamos a cenar? Me ha entrado un hambre feroz y me siento caníbal –apuntó Cris

–Si no hubiera expectación, casi que me gustaría comprobar cómo se te da conmigo ese canibalismo –contestó Dave sonriendo.

Llegaron al restaurante. Era bastante grande y al fondo, tras una pared, había una sala donde un músico acariciaba las teclas en un piano de cola, de color negro. Las mesas vestían largos manteles blancos hasta el suelo conjuntados con el forro de las sillas, también blanco. El local estaba bastante vacío. Dos parejas en las mesas de la entrada y en la sala del piano otras dos mesas ocupadas de un total de diez.

–Bonito restaurante y una suerte de romanticismo que prácticamente esté abierto sólo para nosotros –dijo Dave.

–Me gusta esa mesa –dictaminó Cris eligiendo una cercana al piano y a una pared. Se encontraba pletórica gracias al puntillo de desinhibición que le inferían esas copas de más que acababan de tomar.

Tras sentarse, estudiaron la carta y eligieron entre los dos. En esta ocasión tomarían dos cremas de verduras y de segundo, dudaban entre dos tipos de pescado y unas croquetas de bacalao. De repente, a Cris se le cayó un cubierto al suelo y se agachó para recogerlo, desapareciendo por detrás de la mesa casi en el mismo momento en que aparecía al fondo el camarero.

–Viene el camarero. No te preocupes, ya le pediremos otro cubierto –dijo Dave. Pero no recibía respuesta.

Cuando el camarero llegó a la mesa preguntó: –¿desea pedir o esperamos que regrese la señora? – pensando que había ido al baño.

–Ya puede tomarnos nota –confirmó Dave mientras buscaba en la carta.

–¿Qué desearán de primero? –preguntó el camarero.

Dave no entendía qué le ocurría a Cris que no aparecía, hasta que se dio cuenta de que, por debajo del mantel, Cris se encontraba frente a él acariciando su entrepierna. No se lo podía creer. Parecía una de esas películas cómicas en las que nadie sabe lo que ocurre excepto el protagonista. La cara de Dave, desconcertado y casi abatido, se tensó al notar como le aflojaba el cinturón e inmediatamente desabrochaba con tremenda destreza el botón del pantalón para bajar su cremallera. La velocidad con la que actuaba era pasmosa. En breves instantes había tirado del pantalón y del bóxer, dejando la parte superior de su miembro fuera, con una sensacional erección.

–¡Wow...! ¡No me lo puedo creer! –exclamó Dave.

–¿Señor? –se extrañó el camarero.

–Croquetas de bacalao –prosiguió Dave–. No sabe la de tiempo que hace que no tenía una experiencia de este tipo. Me fascina el sabor que obtiene ese manjar cuando está cocinado por manos expertas.

Por supuesto, Cris sabía que se estaba refiriendo a la actividad que discurría por debajo de la mesa, mientras que el camarero no terminaba de encajar tan extraños comentarios sobre unas simples croquetas por parte de un cliente tan raro.

–Señor, pues les salen exquisitas a nuestro chef –contestó con orgullo el camarero–. Se las recomiendo.

–Seguro que sí –respondió Dave–. Se me hace la boca agua. Y mi apetito ha aumentado por momentos. Apunte para mí las croquetas de segundo.

Mientras, Cris, con el instrumento entre las manos y demostrando una gran habilidad en una posición tan comprometida, le aplicaba un luengo y lento masaje. La excitación contra la que lidiaba Dave requería de verdaderos esfuerzos para hablar con el camarero sin que éste se percatara de la situación y además, debía evitar perder el control de lo que le estaba ocurriendo bajo del mantel. Era una locura, aunque el placer que estaba recibiendo era indescriptible. Dave iba pidiendo plato tras plato intentando guardar la compostura.

–La señora ha ido al baño, pero tomará de primero lo mismo que yo y de segundo... –había instantes en los que, debido al placer que se le ofrecía, perdía la concentración–. Póngale el filete de pescado.

–¿Se refiere al lenguado, señor? –preguntó el camarero.

–No, disculpe. ¡Oh sí! –corrigió–, póngale el lenguado, ya está bien.

De repente, Cris tiró con fuerza de la silla hacia el centro de la mesa mientras se encajaba entre las piernas, cada vez más separadas de su víctima. Tras respirar profundamente, se decidió a tirar aún más del bóxer, descubriendo completamente el destino de su fechoría. No razonaba, ni tan solo pensaba, sencillamente tuvo esa idea y con el exceso de alcohol en sangre, la decisión fue tomada, manteniendo enfilada la meta sin cuestionar consecuencias. Observaba el premio, un premio que se mantenía firme frente a su cara y en esos momentos, a la altura de sus labios. Dave permanecía inmóvil sin ni tan solo pestañear, hasta que notó como Cris lamió con firmeza desde la base hasta su cenit. Dave empezó a sudar. Temía que la voz le temblara y fuera descubierta la comprometida situación. Pensaba que Cris se había vuelto loca. Nunca pensó que unas copas de más le pudieran afectar a ella más que a él mismo, absolutamente desacostumbrado a beber. Cris administraba tanta saliva que todo el miembro brillaba de forma uniforme. Luego, con los labios, la repartía con cuidado por toda la superficie de su duro y suave glande.

–¿Qué le parece bañar la cena con un vino blanco? –preguntó el camarero–. Si me permite recomendarle, el de la casa gusta mucho.

–Con el éxtasis de este menú, veo difícil contenerme y no "regar" –resaltó y enfatizó esa palabra haciendo una breve pausa para que fuera captada por Cris y luego prosiguió– esta cena con ese néctar.

Cris comprendió que la frase se había pronunciado por ella y con el sobresalto que dio al apartar su boca para evitar el desastre, se golpeó la cabeza con la mesa, haciendo saltar la vajilla sobre el mantel.

–Ups –Dave disimuló como si hubiera dado un golpe sin querer a la pata de la mesa y cerrando la carta de inmediato, se la entregó al gentil camarero, el cual lo miraba extrañado sin terminar de entender lo que ocurría.

–Tráiganos el vino de la casa y también agua mineral por favor y ¿no cree usted que hace calor? –añadió Dave.

–¿Calor? –se extrañó el camarero. –Yo no tengo señor. ¿Desea algo más?

–No. Con esto está bien, gracias –terminó Dave y el camarero se retiró rápidamente.

–Ya puedes salir, traviesa –dijo Dave mientras Cris aparecía con una expresión triunfante, como si acabara de conquistar todo un país. Le faltaba cara para tanta sonrisa.

–No sabes lo poco que faltó para soltarlo todo en tu boca, casi no podía contenerme –confirmó Dave.

–Mmmm..., ¿en serio? –se mofó Cris con toda su ironía.

–No te reirías tanto si hubieras tenido que salir de debajo del mantel con la cara manchada.

–Y quien te ha dicho que hubiera dejado algo para mi cara? –Su mirada de niña mala, efervescente, picarona, estremecía todos y cada uno de los poros de Dave, volviendo a templar su armamento por acto reflejo.

–Qué peligrosa eres, bufff. Me debes una –sentenció Dave.

Ambos estallaron en risas mientras Dave intentaba, lo más disimuladamente posible, arreglarse la muda y abrocharse el pantalón. –Me has dejado completamente empapado.

–Por supuesto –aclaró ella– y aún no he empezado contigo –sonrió con otra mirada de lo más lasciva.

El resto de la cena fue más contenida, aunque no resultaba difícil que lo fuera después de similar experiencia. El vino blanco contribuía a que no decayera el nivel de desinhibición y así toda la velada se mantuvo en ese carácter picante y provocador. El restaurante se había vaciado y la pareja estaba a solas con el pianista disfrutando del repertorio, totalmente ausente y absorto en sus partituras. Cris fue un momento al lavabo y al regresar, encontró a Dave esperándola, con una copa de vino en la mano junto al piano. Desde allí se escuchaba con más intensidad la vibración de las cuerdas en las tripas del gran instrumento. El pianista, escondido tras jeroglíficas partituras, interpretaba con maestría el jugo que extraía de esos papeles, voluminosos impresos que actuaban de muro a través del cual el músico perdía el horizonte donde se situaba la pareja. Cris se abrazó con ternura al cuello de Dave, quien, tras pedirle permiso para depositar la copa de vino en el suelo, no pudo sino corresponder al mismo nivel. Nuevamente la erección irrumpió en él, violenta, inapelable, bajo la ligereza de la prenda para tomar inocentemente ese protagonismo. Sus ojos se encontraron, medió la letanía en un paréntesis y el mundo se paralizó. La noche aún no había terminado y tras esgrimir una sonrisa lasciva, Cris metió su mano por dentro del pantalón de Dave, agarrando aquello tan duro entre sus dedos. Él, bajo el decoroso paraguas del asombro permanecía inmóvil, aunque, por su expresión, evidenciando claros signos de pudor. Finalmente, parecía que había decidido dejarse llevar sin oponer resistencia, sin parecer asceta, sin arrugar la frente. En un arrebato, abrazó firmemente a Cris y formando ambos cohesionada unidad, la indujo a un giro que la acorraló contra el piano, tomando el control de la temperada actividad. Un rápido e inesperado juego de manos bajó veloz el adormecido escote, desalojando la tentación que tenía por pechos. Ahora era ella la paralizada por la sorpresa, pero su mano seguía las instrucciones de su terquedad y se mantenía dentro del pantalón de Dave. Él la tenía abrazada y con la otra mano agarraba su seno. Lamió su cuello y se bebió el lóbulo de su oreja, saboreando con esa gratitud a la que te entregas sin remisión. La besó, lamió sus labios, sus dientes, su barbilla. Besó su mejilla y luego su cuello. Fue bajando hasta sus pechos, donde aplicó saliva alrededor de sus senos para deslizar un pezón en su boca famélica. Su abrazo la agarraba por la espalda, a la altura de los riñones como queriendo evitar su huida. Con la otra mano levantaba el vestido, ascendiendo por sus muslos, por sus glúteos, por debajo de su ropa más íntima, acariciando con delicadeza sus preciosas nalgas. Ella intentaba mantener su equilibrio apoyándose por detrás con una mano en el piano mientras separaba aún más la pierna con la que abrazaba apasionadamente a Dave. El éxtasis la sublimaba mientras mantenía firme en su mano la presa ejercida al duro y fornido artefacto de Dave. Controlar su jadeo no limitaba el gozar como ya no recordaba. Se sabía tan excitada que temía dejarse llevar hasta hacer alguna locura aún mayor de las que había perpetrado a lo largo de esa noche.

–Por favor, métemela, la necesito –le decía Cris al oído, hasta que Dave recuperó la sensatez y se detuvo.

–Cielo, hemos tentado demasiado a la suerte. Nos podrían ver en cualquier momento. Vamos a intentar controlarnos.

Despertó del sueño y tocó tierra apenas desplegar su tren de aterrizaje, sin desperfectos, sin bajas, sin más tensiones. Con un recuerdo y sentimiento que merecía ser perpetuado.

–Sí, tienes razón, bufff. –resopló Cris y sacó su mano del interior del pantalón de Dave para luego subirse el escote mientras colocaba en su sitio el sujetador. Ella alisó su vestido y Dave recogió la copa del suelo para devolverla a su mesa. La música seguía sonando, las respiraciones se apaciguaban y un reconfortante abrazo liberó tensiones y clausuró el evento. De regreso al hotel, después de la experiencia, decidieron darse un respiro hasta el día siguiente. No querían quemar etapas tan rápidamente, aunque les estaba resultando muy complicado ese auto control.

Cap. VIII – EL DESCAPOTABLE

Sonó el teléfono. Costaba abrir los ojos, así que Cris cogió el aparato después de tirar todo lo que había sobre la mesilla.

–Aló, ¿diga...? Hola Dave, ¿eres tú?, ¿qué hora es? Uy, me he dormido. Dame quince minutos, ¿te va bien? Bajo lo antes posible.

Saltó de la cama. No le gustaba llegar tarde. El despertador no había sonado. ¿Tal vez olvidó conectarlo? Tras darse una ducha rápida se vistió con unas mallas de atletismo a juego con una camiseta ajustada. Se calzó unas deportivas y salió disparada hacia el hall.

–Buenos días. –dijo Cris al ver a Dave y seguidamente se acercó para darle dos besos.

En cuanto Cris estuvo frente a él, Dave la abrazó y sin soltarla, dijo: –buenos días. ¿Sabes que te extrañe? –. Luego le dio un tierno y afectuoso beso en la mejilla que la desconectó de nuevo del mundo.

–Vaya, gracias –balbuceó Cris–, no me esperaba estas palabras. ¿Has dormido bien?

Dave vestía unos jeans azules desgastados, una camisa azul con finas rayas verticales blancas y unas deportivas de tela blanca. Mientras se separaban, Dave respondió:

–Sí, muy bien. He preguntado en recepción si podríamos usar la habitación hasta las 14:00 horas ya que nuestros vuelos salen por la tarde y me han dicho que no habría inconveniente, así que nos vamos a desayunar fuera y conduces tú.

–¿Cómo que conduzco yo? –preguntó ella extrañada–. ¿En qué coche?

–He alquilado uno hace un momento –respondió Dave.

–Qué loco que estás –rio Cris ostentosamente.

Se trataba de un biplaza descapotable de color azul. El vehículo estaba limpio y reluciente hasta el punto de parecer recién estrenado. Cris se puso al volante, ajustó el asiento, los retrovisores eléctricos y se abrochó el cinturón. Esperó a que Dave se adecuara en su sitio y mirándole a los ojos con expresión picaresca, le dijo:

–Si voy a conducir, ¿no merezco algún incentivo?

Dave le agarró la cabeza con sus manos y acercándola a sus labios le entregó toda su atención en forma de un beso tierno y apasionado.

–Vas a tener que dejarte guiar por el GPS. Ya está programado –informó Dave en un susurro sin apenas separarse de su boca.

–Bufff, tras ese beso no sé si podré conducir –avisó Cris–. Aunque has despertado el dragón que permanecía dormido dentro de mí.

–No creo que sea para tanto, ¡exagerada! –dijo él–. Espera a que yo me despierte y verás lo que es despertar a un dragón –se rio.

–Menos lobos, Caperucita –contestó Cris–. ¿Dónde vamos?, yo tengo hambre, ¿dónde me llevas a desayunar?

–Será una sorpresa –respondió Dave–. Tú sólo concéntrate en conducir y seguir las instrucciones del GPS.

Arrancó el motor y salieron del hotel siguiendo las instrucciones del navegador. Tras cruzar la ciudad, una estrecha carretera cerca de la costa les demostraba su nutrida dotación de curvas. Dave la miraba a Cris con expectación y ella se deleitaba con la atención que se le prestaba. Sonreía complacida e iba mirando de reojo de vez en cuando como su acompañante la observaba sonriente. Dave se desabrochó el cinturón de seguridad y tiró de la palanca bajo el asiento hacia arriba, haciendo que corriera unos centímetros hacia atrás. Pretendía encontrar mayor espacio, aunque Cris intuía alguna pretensión más. Entonces, se acercó a Cris hasta besar su mejilla, luego su oreja, lamer su lóbulo y terminar besando su cuello. Cris se puso tensa, no podía articular palabra. Las caricias fueron encargadas a un dedo que pasó por su barbilla, su cuello, su escote y seguía bajando lentamente mientras ella se estremecía a medida que percibía el recorrido. Sus besos se encajaban lentamente en el trayecto que había iniciado su índice. Su barbilla, su cuello, el canalillo y entonces se detuvo. Cris notaba el aliento caliente resbalando sobre el tejido y traspasando sus ropas, un sujetador que empezaba a incomodarle. Debía concentrarse en el asfalto y temía que esa distracción le restara destreza en la conducción. Notó como la mano de Dave se colaba bajo sus ropas y rozaba suavemente su vientre.

–Aishhh –se quejó Cris– por favor, me estás poniendo cardíaca.

–Hoy me toca a mi. Esta es mi venganza –dijo Dave mientras sonreía frunciendo su mirada.

Metió la otra mano entre el asiento y su espalda, por debajo de su ropa, obligando a que Cris se incorporara ligeramente en su asiento y al llegar al cierre del sujetador, manipulando con sólo dos dedos, lo desabrochó, demostrando una maestría inaudita.

–No puede ser –dijo Cris escandalizada–. ¿Pero qué haces?, ¿estás loco?

Cris empezaba a sentirse avergonzada y a hundirse en el asiento totalmente ruborizada. Por suerte no se le había ocurrido descapotar el vehículo. De repente, Dave le sube la ropa y deja sus pechos al descubierto.

–No, no. ¡Estás loco, nos puede ver alguien! –gritó Cris.

Dave no respondía, su boca se había apoderado del pecho izquierdo y lamía con devoción y a discreción la aureola hasta notar que el pezón empezaba a endurecerse, momento en el que decidió meterlo en su boca. Cris, ante esos estímulos perdía concentración y ese aliento, esa lengua, esa saliva, la estaba descontrolando. Sus nervios la atenazaban y permanecía rígida debido al nerviosismo que todo ello le generaba. Estaba tan excitada que deseaba soltar el volante y lanzarse sobre él.

–Vale ya, ya tengo suficiente, ya te has vengado de lo de anoche. Para por favor, que estoy empapada –dijo Cris.

–Bien, eso me gusta. Me encanta que te excites –aclaró él.

Cris no podía reducir la velocidad ni detenerse, ya que la vía tenía cunetas demasiado estrechas y le seguían bastantes vehículos detrás. De repente, empezó a percibir como una mano se adentraba en sus mallas. Mientras, sorbía su pezón de tal modo que su libido ascendía a cotas, en esos momentos ya incontrolables. Tras acariciar suavemente el rasurado vello del pubis, la mano siguió su recorrido descendente, intransigente, inmutable.

–¡Abre las piernas cariño! –dijo Dave.

La expresión tierna y franca mezclada con el tono firme y decidido que él empleaba la excitó aún más.

–No, no. No hagas eso por favor, que podemos estrellarnos, ya las abro –dijo Cris mientras cedía ante la inesperada orden.

No se lo podía creer. La escena era desesperante. Estaba conduciendo, con los senos al aire, completamente empapada de saliva en sus senos y de erotismo en sus intimidades, con las piernas entreabiertas y él acariciando la punta de su clítoris con la yema de su índice. Era imposible controlarlo todo, así que, como la conducción resultaba vital en comparación con la atención requerida para retrasar el orgasmo, la excitación le pudo y le hizo perder el control de su libido.

–Ya, ya, ya, Agh..., Ooooh.... madre mía, Dave, bufff... Me has matado. ¡Para!, he llegado...

–Bonita. Me encantas –mientras la besaba por la cara.

–No se si habré manchado el asiento. Tengo que parar. Esto es una locura –dijo Cris.

–Sí, me parece que ambos hemos perdido los papeles – se rio él.

Tras una curva, el navegador del vehículo informó que estaban sólo a doscientos metros del destino cuando, a la derecha, vieron un edificio de una sola planta con un aparcamiento de tierra en frente.

–Ya hemos llegado, ese es el restaurante –aclaró Dave.

Detuvieron el vehículo y salieron. Cris se encontraba ligeramente mareada por la experiencia. La vista era espléndida. Estaba rodeado de colinas y árboles en todas direcciones y hacia el este, el cielo, bajo un sol radiante, se confundía con el mar, moteado de multitud de veleros blancos en el fragor de una regata. El aire que se respiraba tenía una importante carga de oxígeno y el estómago clamaba por ese desayuno que tanto se estaba retrasando.

–¿Estás preparada para desayunar? –preguntó Dave.

–Estoy preparada para desayunarte. Verás cuando tenga yo la oportunidad. Te has pasado dos pueblos –terminó Cris riendo con toda su energía.

Cap. IX – EL TELÉFONO

De nuevo llegó la rutina y la distancia. Otro fatídico lunes que empezaba sin Dave. Lo extrañaba como nunca. Una de las grandes particularidades de la memoria es que permite recordar las experiencias vividas haciendo que puedas experimentarlas una y otra vez. Se encontraba en una especie de parque de atracciones, donde las estímulos más intensos, los revivía junto a Dave y cuando él no estaba, tiraba de esos recuerdos para dar desenfreno al erotismo que guardaba para él. Por momentos se sentía muy golfa e irremediablemente lasciva con ese hombre que le nublaba la visión, que la desconcertaba y le hacía perder el sueño. Se daba cuenta de que estaba entrando en una etapa de su vida en la que la pasión tomaba cada vez más importancia e intuía que, además, el desenfreno, iba a jugar también un papel de gran relevancia. Había perdido el decoro, la vergüenza e incluso su moralidad. Pero estaba realmente feliz, feliz como hacía mucho tiempo no había estado. ¡Esto era vivir!

Los días transcurrían con lentitud con el tedio de la monótona rutina. Por suerte, existía Internet y las sesiones de tarde o incluso de noche, contribuían a mantener el espíritu animado y relativamente esperanzado.

–Llevamos más de una semana de dieta –dijo Dave–. Necesito de tus besos. ¿Crees que este viernes puedes dedicarme unas horas para mí?

–¿Lo dices en serio? ¿vas a venir a verme?

–¿Verdad que esta semana estás en New York? –preguntó Dave.

–Sí, hasta el martes –respondió Cris

–El Viernes por la mañana estoy en New York. Hago escala, así que estaré hasta el sábado a primera hora. ¿Te parece que será suficiente para ti? –respondió Dave.

–¡Wow! –exclamó ella. –Suficiente no, necesario sí. A ver... ¿dices el viernes por la mañana? Tengo que hacer unas cosas, pero a eso de las 12:00 horas, podrías pasar a recogerme por mi apartamento y nos vamos a comer juntos.

–Cuenta con ello. Tendrás que darme la dirección. ¿Dónde me vas a llevar a comer? –preguntó él.

–Conozco un local con un piano que... –proponía Cris

–No, no, no, nada de pianos –interrumpió Dave en medio de una sonora carcajada.

Por fin llegó el viernes y Cris terminó antes de lo que pensaba. Vestía un estilo deportivo, con una minifalda de jeans corta, deportivas blancas con calcetines muy bajos y una camiseta de tirantes de color blanco. Pensaba cambiarse para poder ir a almorzar con Dave, pero en esos momentos recibió una llamada telefónica. Eran sus padres desde Argentina, donde residían. Hacía días que no hablaban con ella y aprovechando la visita del hermano de Cris, decidieron llamarla para así potenciar una relación de hermanos algo deteriorada a consecuencia de la distancia. Primero su madre, luego su hermano, después la abuela. Para cuando llegó el turno del padre, llamaron a la puerta.

–Hola papá, espera un segundo, que llaman a la puerta. Estaba esperando una visita. –Abrió la puerta y era Dave, escudado en singular sonrisa y una rosa cruzada entre sus dientes. Cris sonrió e hizo un gesto señalando el teléfono y susurrando–: es mi padre.

Dave pasó y una vez dentro, cerró suavemente la puerta mientras entraba al salón detrás de ella, observando todo su entorno. Cris lo miraba y le sonreía con ternura. Era una estancia bastante amplia, de unos 70 metros cuadrados. A su izquierda se veía lo que parecía la barra de un bar. En frente, un gran ventanal a través del cual se podía contemplar la ciudad. El apartamento estaba situado a muchos pisos de altura y la vista cautivaba los sentidos. A la derecha había un gran sofá de tela negra, colocado de espaldas y al otro lado, una mesa de té y una gran pantalla de plasma colgada en la pared. La decoración minimalista se limitaba a un par de cuadros que vestían la pared y una especie de palmera en una esquina. Una puerta de cristal ahumado en un lateral daba acceso a las otras estancias. Cris permanecía sentada sobre el respaldo del sofá mientras Dave la observaba con mirada traviesa, cuando decidió aproximarse hasta situarse frente a ella, a tan solo unos centímetros. Cris, con el dedo índice delante de los labios le indicaba no hacer ningún ruido mientras hablaba con su padre. Él, lejos de intimidarse, empezó a acariciar sus brazos muy lenta y suavemente. Ella se estremeció, doblándose sensiblemente sobre sí misma y encogiéndose de hombros en un acto reflejo de auto–protección. Entonces, Dave aplicó sus besos con inusitada pasión a lo largo de la suavidad de su cuello, deleitándose en el aroma que su perfumada piel emitía. Ella inclinaba ligeramente la cabeza para facilitarle la labor.

–Sí papá, comprendo que la abuela quiera comer todo lo que le apetezca, pero debes hacerle entender que debe cuidarse. –Cris intentaba mantener una conversación telefónica lo más normal posible sin que se notara lo que estaba experimentando en esos momentos.

Cuando Dave coló su mano por debajo de la camiseta, Cris tuvo la sensación de que el vello de todo su cuerpo se erizaba. De repente y sin esperarlo, Dave levantó la camiseta. Cris no llevaba sujetador y sus senos quedaron al descubierto. Su expresión de sorpresa no dejaba lugar a dudas de lo inesperada que le resultó la situación. Intentaba bajar la camiseta, pero él no se lo permitía y empezó a besar suavemente sus pezones, lamiendo ligeramente de vez en cuando.

–¿Estás loco? –le decía susurrando mientras tapaba el teléfono con la mano.

Lamía primero un pezón, luego el otro, hasta que ambos se pusieron duros como el acero. Ella intentaba apartarlo, empujando su cabeza con la mano, ya que su excitación crecía por momentos y temía que se le notara en el tono de voz. De repente, Dave agarró con sus dos manos la camiseta y tiró de ella hacia arriba para quitársela. Con la brusquedad del movimiento incluso le apartó de la oreja la mano con el teléfono. Cris cambió de expresión y el pánico se adueñó de su semblante mientras gesticulaba airosamente. Sus aspavientos señalaban el teléfono con vigor, dando a entender que no quería que la desnudara para evitar que se diera cuenta el interlocutor. Dave sonreía y con la camiseta en la mano, la lanzó al fondo del salón. Besaba sus hombros, sus brazos, su cuello. Lamía sus senos por todas partes. Acariciaba con sus dedos, con la totalidad de sus manos, su vientre y su espalda, mientras, Cris, totalmente desbordada de excitación, hacía todo lo posible por controlarse y controlarlo a él. Para ello, al tener el teléfono en una mano, sólo disponía de la otra para lograrlo, resultando prácticamente imposible conseguir librarse de la pasión de Dave.

–Sí papá, claro que bajaré a veros por navidad –dijo Cris haciendo lo imposible para evitar que su entrecortada voz la pudiera delatar. El esfuerzo que hacía por librarse de Dave era titánico.

En un intento de escapar, se giró y Dave la abrazó desde atrás. La dureza de su miembro presionando fuertemente contra su trasero indicaba la magnitud y dirección que estaban tomando los acontecimientos. –Que cosita más rica– decía Dave mientras con sus manos agarraba ambos pechos y la arrinconaba contra el respaldo del sofá. Ella se inclinaba, intentando, inútilmente, deshacerse de la situación. Inesperadamente, la presa que ejercía sobre sus senos fue liberada para aferrarse de nuevo con fuerza a su falda. Ella se escandalizó cuando, con un impetuoso movimiento, Dave le subió la falta, dejando el escueto tanga a la vista. Al sentirlo, Cris mostró más hostilidad y mirándolo, gesticuló ostentosamente y articuló los labios soltando un: –¿estás loco?, ¡me pueden oír! – mientras señalaba con el dedo índice al teléfono.

–No papá, no ocurre nada, es que me están arreglando el lavaplatos y me pedían una documentación. Y la estoy buscando.

Cris se puso a temblar cuando vio como Dave se agachó. Al instante, su ropa más íntima fue arrastrada hasta abajo. A pesar de la velocidad, su percepción parecía captarlo y asimilarlo todo a cámara lenta, sintiendo perfectamente el recorrido de la prenda a medida que deslizaba sobre cada centímetro de su piel hasta notarla a la altura de los tobillos. Su expresión se tornó pálida. No se lo podía creer, mostraba su sexo al descubierto frente la cara de Dave. Levantó la pierna en un acto reflejo para soltarse y el movimiento fue aprovechado por él para arrancarle una zapatilla y seguidamente, quitarle el calcetín. Después, hizo pasar su ropa interior por el pie y agarrándola por la rodilla, la empujo por las nalgas, haciéndola caer sobre el respaldo del sofá. De esta forma, se quedó inclinada, con una mano al teléfono y con la otra intentando buscar apoyo para poderse reincorporar. Estaba totalmente a merced de Dave, el cual lamía su muslo a lo largo de la suavidad de su piel hasta llegar a sus nalgas. A Cris le temblaba todo. Estaba desconcertada por la situación. Su padre al teléfono y ella al borde del colapso sexual. La lengua de Dave era cálida y desprendía casi tanta humedad como ella misma. Cris intentaba incorporarse y Dave cogió su pie por debajo y mientras insertaba sus dedos por entre los deditos de su pie, tiró de él hacia arriba para hacerle perder de nuevo el equilibrio. En tal posición, quedó su rasurado sexo a la altura de la boca de Dave, que inmediatamente empezó a besarlo y a respirar sobre él. Sentirse completamente desnuda y notar en sus intimidades el aliento caliente la excitaba sin comparación, pero cuando percibió como deslizaba la lengua a lo largo de la superficie de sus labios depilados, lamiendo con verdadera maestría sin dejarse un solo recoveco, pensó que se desmayaba de placer. Finalmente, dada la situación y la posición en la que se encontraba, se dejó vencer sobre el respaldo del sofá, dejó de luchar y se entregó completamente al placer, a las sensaciones, a los deseos de él, procurando solamente mantener silencio para que, del otro lado de la línea, su padre no se percatara de lo que estaba ocurriendo.

–Papá, tengo que dejarte, estoy buscando unas cosas y requiere algo de esfuerzo que no puedo hacer aguantando el teléfono. –Cris estaba exhausta, le faltaba la respiración–. Besos papá, nos llamamos luego –y cortó la llamada prácticamente sin esperar respuesta.

–Me matas de placer...

Cap. X – EL TEATRO

Manteles y servilletas de tela blanca aportaban dignidad y un deseable confort al restaurante. La flor en el centro de la mesa le añadía familiaridad y la afabilidad del personal, terminaba por armonizar el resto del escenario.

–Permítanme recomendarle el pastel de verduras y el rodaballo a la naranja –dijo el camarero.

–Le haré caso –dijo Dave–. A mí me sirve eso mismo.

–Lo mismo –añadió Cris–. También me ha seducido la idea. Y para beber –miró decidida a Dave directamente a los ojos mostrando esa seductora sonrisa que últimamente estaba utilizando con tanta asiduidad y preguntó–: ¿agua y vino?

–Sí, vino de la casa por favor –ratificó él.

Esperaron a que el camarero se diera la vuelta, se miraron y tras unos instantes, ambos sonrieron confortados por sendas expresiones de paz y de relax indicativas de cuando uno ha experimentado una actividad de cierta intensidad.

–Me has agotado –dijo Cris–. Aún me tiemblan las piernas. Tú no te quedas corto en tropelías. Te pasaste de la raya.

–¿De qué raya me hablas? –preguntó él–. ¿Te recuerdo lo que me hiciste en aquel restaurante? Si se llega a dar cuenta el camarero me muero.

–El vino me puso contenta, debo admitirlo –aclaró Cris.

–¿Contenta? Yo creo que a eso se le identifica como estar ebria –bromeó él.

–No, sólo tenía el punto –le rectificó ella–, pero confieso que se me fue un poco de las manos.

–Y tal vez también de la boca y de la lengua –terminó Dave.

–Pero en este caso es distinto. Era mi padre quien estaba al otro lado del teléfono. El camarero no dejaba de ser un desconocido.

–Si se llega a enterar, seguro que hubiera dejado de ser un desconocido –aclaró Dave y añadió–: lo de hoy, ¿te gustó?

–Al principio me asustaste mucho, no me lo esperaba –dijo Cris–. Sí, luego me gustó –y sonrió plácidamente mientras le agarraba la mano y lo miraba directamente a los ojos de forma apasionada.

–¿Te gustaría ir esta tarde al teatro? –preguntó Dave–. Hay una obra musical que me gustaría ver, donde sé que combinan el claqué, con el break dance y algo más.

–No pensé que te gustaran esas cosas. Me parece una idea genial –dijo ella.

A las 16:00 horas se encontraban frente al teatro, donde consumieron la espera en una terraza aprovechando para tomar una infusión.

–Mañana, mi avión sale muy pronto, a las ocho de la mañana –dijo Dave–. Por tanto, tendré que despertarme a las cinco como muy tarde. Con sólo pensarlo, me entra el sueño.

–Entonces, hoy tendrás que acostarte pronto –dijo ella.

–Veremos qué cansado me siento por la noche –aclaró Dave.

En la cola del espectáculo no había demasiada gente, cosa extraña teniendo tan cerca las navidades, fechas que evaden momentáneamente la rutina mediante el aumento artificial del consumo. Especulaban en que la razón podría ser que cada vez resulta más difícil destinar dinero a regalos navideños y por tanto se eliminan gastos como el de ir al teatro o al cine. Vivimos en una época donde el sentido de propiedad de los objetos supera a la necesidad de experimentar con sensaciones. Una obra de teatro no te la puedes llevar a casa, un vestido sí. Entrando en platea, la decoración marcaba un claro aspecto bohemio, incluso rococó. Tapicerías en color rojo Burdeos, filigranas en los artesonados de madera pintados en oro, columnas y capiteles con multitud de detalles y alguna que otra lámpara de cristal. Las localidades que pudieron comprar estaban situadas en un lateral, ya que otra alternativa les pareció muy alejada del escenario. Mirando hacia arriba, los palcos parecían vacíos al igual que el anfiteatro. La sensación de haber traspasado la barrera del tiempo internándose en un pasado no tan lejano, coexistía con el temor de perderse la belleza de la obra por el mal ángulo de visión que les imponían sus localidades. La sensación que tuvieron era la de que no se observaría demasiado bien la obra.

–Me temo que nos han asignado la peor localización del teatro –dijo Cris–. Lo que no entiendo es por qué no abren los palcos y el anfiteatro y sólo venden entradas de zonas que ofrecen tan mala visión del escenario.

–Supongo que si no llenan suficiente aforo procuran ahorrar en personal y limpieza y eso se logra cerrando partes del teatro –dedujo Dave.

–¿Tú crees que realmente lo habrán cerrado? –preguntó ella.

–Es una forma de hablar –aclaró Dave–. Me refería a que no venden esas localidades para así evitarse gastos.

Sin pensárselo dos veces, Cris se puso en pie, tomo de la mano a Dave y le dijo: –ven, quiero que veas una cosa.

Dave la observaba extrañado. Esta chica no dejaba de sorprenderlo.

–No tardarán demasiado en empezar y luego será un problema entrar con la luz apagada –replicó él.

–No te preocupes, que tenemos tiempo –aclaró ella.

Dave se levantó y la siguió pasillo arriba hasta traspasar la tupida cortina que daba paso al gran hall. Una vez allí, Cris lo tomó de la mano e hizo que le siguiera hasta unas escaleras anexas que les condujeron hasta un corredor lleno de accesos. Entraron por el primero que encontraron frente a ellos a través de otra cortina que aparentaba muy pesada. Estaban en el anfiteatro y la vista era privilegiada.

–¿No crees que nos pueden llamar la atención si nos encuentran aquí? –preguntó Dave.

–Pero, ¿no me has dicho que esto lo cierran para evitarse gastos de personal? –respondió ella–. Entonces, ¿qué personal quieres que venga aquí?

Aplicando la simple lógica, la deducción de Cris resultaba irrefutable así que, sin más titubeos, tomaron asiento dispuestos a ver la función. Casi al instante se apagaron las luces y empezó la música de fondo que se elevó hasta abrazar completamente la gran sala, despertando en breve poderosas sensaciones que condujeron a las más profundas emociones. Unos quince bailarines se adueñaron del escenario interpretando coreografías que parecían improvisadas pero que, dada su coordinación, evidenciaban una genuina compenetración entre todos sus participantes.

Luego, el esplendor del primer momento empezó a decaer y finalmente algún bostezo se filtró en el rostro de Dave.

–Me parece que la obra te está resultando tan pesada como a mí –dijo Cris–. A ver si en el segundo acto se anima porque ni mucho menos es lo que me esperaba –añadió mientras Dave asentía con la cabeza.

Cuando llegó el intermedio bajaron hasta el bar para tomar un refresco. Cris se adelantó y entre una barrera de gente nerviosa levantando el brazo tanto como el volumen de su voz, con gran habilidad o tal vez por gracia de la fortuna, captó la atención del camarero que la atendió de inmediato. Dave la observaba a lo lejos fascinado por esa brillante melena negra, por la fineza y delicadeza de su rostro, por esos labios carnosos, por esa manera de actuar, de moverse, de sonreír y de magnetizar a todo el que la contemplaba. Vestía con una blusa blanca, un pantalón beige con finas rayas marrones y unos zapatos de piel de ante marrón con tacón. A él le encantaba esa combinación. Dave llevaba un pantalón negro y camisa blanca. Cuando ella regresó con el refresco, él aceptó un sorbo y tras unos minutos subieron de nuevo al anfiteatro antes de que empezara la segunda parte. Las luces se apagaron y en cuanto empezó de nuevo la música, ella tomó la mano de Dave mientras él le acariciaba el muslo, como si lo hubiera hecho así durante toda su vida, sin darle prácticamente ninguna importancia y aportando esa familiaridad que usan las parejas que no lo son sólo por conveniencia. De vez en cuando, se miraban furtivamente y sonreían. La función no aumentaba de valor, así que las caricias tomaban cada vez más protagonismo y algún beso furtivo se le escapaba de vez en cuando a Dave, cada vez con menor frecuencia. De repente, Cris se levantó, observó a Dave y escudada tras una sonrisa de complicidad, fue a sentarse sobre él. Pasó sus tiernas manos por detrás de su nuca y sus miradas coincidieron, deteniéndose el tiempo por unos minutos mientras, ajena a ellos, seguía la función. La música fraguaba junto a los sentimientos generados tras el destello de cada mirada hasta reducirse la distancia que separaba sus labios. El beso expresó toda la ternura contenida con una intensidad que precisaba de caricias y de atenciones. La mano, los dedos, el alma de Cris acariciaba la mejilla de él, su cuello, sus labios. Él modelaba con sus manos las esculturales curvas de la espalda, la cintura, las caderas de Cris. De pronto los botones de la camisa de Dave empezaron a sucumbir a los hábiles y decididos dedos de ella, botón tras botón, hasta llegar a mostrar el pecho en toda su extensión. Luego, ella la empujó por detrás de los hombros y forzó para que la camisa resbalara por la ancha espalda hasta desaparecer en la oscuridad del respaldo de la butaca. La visión del pecho de Dave avivaba el fuego que crecía apremiado en el interior de Cris. A través de su vello, hundía sus dedos y tocaba gozosa su ardiente piel, inhalando el escaso vapor que emanaba de él. Dave puso su mano en uno de esos exuberantes senos y luego, muy despacio, imitó paso por paso lo que hizo Cris. Botón tras botón, desabrochó la blusa hasta que ésta quedó totalmente abierta, invitando a observar los detalles del insinuante sujetador blanco. La otra mano buscaba, investigaba y demostraba su habilidad desarmando sólo con dos dedos el esquivo cierre trasero del sujetador. Cris se perdió en un beso mucho más intenso cuando sintió aflojarse la opresión, liberándose con ello la sensualidad comprimida entre sus senos. La excitación aumentaba por momentos, parecía que ascendía desde el sacro hasta las cervicales, instaurándose una tremenda presión en la sien. Se sentía tan excitada por la situación que deseaba gritar.

La música copaba sus sentimientos, anhelaba como nunca entregarse a ese hombre por el que tanto estaba sintiendo, por el que se disolvía en su fragua de cristalinas sensibilidades, de genuino y goloso sabor. El tiempo pasaba y los besos se concretaban en pura magia y todo sentir. En la penumbra, Cris percibió como le desabrochaba el cinturón para, seguidamente, ceder el botón del pantalón. La boca de

Dave abandonó sus labios y pasó a comer directamente de sus pechos, a lamer de sus senos, a traspasar sin más la marginalidad de su piel hasta alcanzar la ingravidez de su espíritu. Lamía un seno y luego el otro, lamía un pezón y luego el otro mientras administraba en cada uno tanta saliva y calor que llegaba a inundarla de pasión. Cuando su blusa cayó al suelo junto con el sujetador, su júbilo ascendió pletórico hasta los techos del anfiteatro. La excitación era tal que no pensaba, sólo sentía. En un exiguo instante de lucidez, el temor de las consecuencias dio lugar a un acto reflejo en el que Cris se incorporó intentando detener una situación que empezaba a descontrolarse. Él estaba tan excitado como ella y en este caso, como venía sucediendo alternativamente entre ellos, la sensatez de nuevo no jugaba pareja. Con la firme pretensión de coartar su huida, Dave le agarró con vaga sutileza la cintura del pantalón mientras ella retrocedía intentando zafarse, algo que ocasionó un tirón en la prenda abriéndose accidentalmente la cremallera y deslizando la fina tela hasta las rodillas. Con su pantalón en los tobillos, ella retrocedió aún más y tropezó, cayendo de espaldas entre las butacas y quedando con más de medio cuerpo en el pasillo enmoquetado. Los destellos de las luces procedentes de la aparente algarabía y el frenesí en el que bullía el escenario, resplandecían en el pelo y en la piel de Cris, enardeciendo la poca tibieza que aún contenía y frenaba a Dave. Arrastrándose, reptando de espaldas hacia atrás, intentaba alejarse de Dave, pero éste, cegado como nunca de pasión, agarró su ropa interior y tiró con fuerza hacia él, arrastrando con ella también el pantalón, los zapatos y las ganas de huir de Cris.

–Oh, estás loco –dijo ella alterada, casi entrando en pánico.

Él, con la ropa de Cris en la mano, observaba entre la penumbra la espectacularidad de ese cuerpo frente a él.

–Tienes razón, estoy loco –dijo él–. No sabes lo loco que me vuelves. Eres tan bonita...

Ella permanecía atónita tumbada de espaldas en el pasillo, desnuda, indefensa y con una expresión de sorpresa nunca antes vista por el inmovilizado Dave. Permanecía tan atónita, que no se movía en absoluto. Con sus piernas abiertas mostraba ese precioso sexo al que Dave no podía dejar de mirar. La pasión que despertaba esa imagen en él se reflejaba fácilmente en su explícita mirada y en el volumen almacenado al otro lado de ese pantalón. Cris lo observaba excitada y se imaginaba desabrochando esas ropas para acto seguido, saborear lentamente en su boca aquello tan duro que tanto anhelaba, hasta que sus pensamientos fueron silenciados cuando, en un rápido movimiento, él se adelantó para arrodillarse entre sus piernas. Dave tomó suavemente por los tobillos primero una pierna y después la otra y las depositó con cuidado sobre sus hombros. Acarició sus rodillas flexionadas, acarició sus muslos y sus pantorrillas, descendió por la entrepierna, acarició su vientre y Cris empezó a temblar y zozobrar de pura excitación. Cerró los ojos para navegar sin luces por los mares en los que él la sumergía cuando percibió cómo, cogiéndola fuertemente por las piernas, la elevó aún más despegando sus nalgas del suelo. Con la mano plana, Dave acariciaba su vientre para, con la otra mano, sujetarla firmemente por debajo y como un emparedado, tomar de ella, comer de su delicioso y sabroso paraíso. Se sentía indefensa, pero ni podía ni deseaba resistirse lo más mínimo, así que, cerrando los ojos de nuevo, se dejó llevar por la secundada indefensión. Estaba desnuda tal y como llegó al mundo, tirada en el pasillo de un teatro en plena función y no era capaz de relacionar esta experiencia ni tan sólo con la fantasía más inverosímil de las que su prolífica imaginación, alguna vez, le relatara. Sencillamente, a veces, la realidad regala episodios mucho mejores de lo que cualquier ficción pueda brindar. La situación quedaba encuadrada en lo increíble, en lo inverosímil, pero era real, lo estaba viviendo y gozando con intensidad.

En ese momento, se encendieron las luces y el teatro se llenó de aplausos y griterío. La función había terminado y el sobresalto devolvió a la pareja bruscamente a la realidad. La respiración y el pulso se aceleraron adquiriendo una intensidad frenética. Por unas décimas de segundo, Cris no atinaba a acertar si los aplausos se debían a su espectáculo o al que habían ido a ver. Tomando de nuevo conciencia, se levantó de un salto y procurando que desde abajo no la vieran, agachada, se introdujo entre las butacas buscando su ropa. Mientras, él, la ayudaba a encontrar las prendas para que pudiera vestirse lo antes posible. Temían que llegara alguien y los descubriera en esa situación tan comprometida.

–¡Que sofocón! –dijo ella mientras salían a la calle–. Cuando abrieron las luces, desperté del sueño, no me lo creía. Aún estoy temblando.

–Ha sido increíble –decía Dave–, contigo pierdo el norte. Te prometo que yo jamás me he comportado de esta manera. Si esto sigue así, algún día nos van a sorprender.

Cap. XI – WEBCAM POR NAVIDAD

Navidad se considera el momento ideal para reunirse en familia, para vivir el sentimiento de hogar. Cris visitaba a sus padres en Argentina y Dave pasaría las fiestas en España. La distancia de nuevo pesaba sobre ambos y siendo así, resultaba difícil evadirse y disfrutar en su justa medida de esos momentos de regreso al hogar familiar. Ya no podían prescindir del contacto telefónico a cualquier hora ni de las videoconferencias a través de Internet. Algunas de esas sesiones eran capaces de cambiar la fuerza de gravedad del planeta entero.

–Me temo que hoy no estoy de muy buen humor –dijo Cris con voz apocada.

–A ver mi amor, cuéntame qué te ha sucedido –inquirió Dave comprensivo.

–Nada serio –dijo ella–. Un compañero de trabajo que me llamó y por una extraña estupidez se encrespó. Conociéndolo, ahora es capaz de pasarse varias semanas sin dirigirme la palabra. Pero prefiero no hablar de eso.

–Para cuando terminen las navidades ya se le habrá pasado –dijo Dave para aligerar el trauma–. De todos modos, eso indica que es un SIE.

–¿Qué es eso? –preguntó ella.

–Una definición mía sobre el carácter de un elevado porcentaje de personas –explicaba él–. La S es por Susceptibilidad, la I por Intolerancia y la E por Ego. Fíjate que primero saltó por un acceso de Susceptibilidad, lo acompañó y reforzó con Intolerancia y ahora lo está macerando, sufriendo y perpetuando con el terrible Ego, uno de los peores enemigos tantos de uno mismo como de los demás.

–Entonces tal vez es un SIE tal y como tú dices –terminó ella. –Y creo que si me pongo a pensar conozco a muchos SIE de estos.

–Por desgracia cada día son más –dijo él–. Son legión. Se cultiva, se enseña y promociona la estupidez, la ignorancia y la soberbia.

–Eres muy crítico –respondió ella–, pero en general creo que tienes razón.

–Esto sólo es pensar en voz alta –continuó él–, pero creo que la gente no se atreve a decirlo y tal vez ni a pensarlo para que no les traten de extremistas.

–La gente no piensa –confirmó ella–. Se refugian en la felicidad de la ignorancia.

–Qué bonita estás. No había visto ese vestido que llevas puesto –dijo Dave cambiando de tema.

–Claro, como que no es ningún vestido –dijo ella mientras se levantaba de la silla para que viera la realidad de la prenda que él había confundido. No era más que una camiseta y un pantalón. Luego se volvió a sentar–. Hoy voy de trapillo, esto es un pijama. Sugerente, pero pijama –se rio.

–Hoy te protege la distancia porque si estuviera allí, mi curiosidad me invitaría a estudiar el patronaje y el tipo de cosido interior de la prenda, debería mirar detenidamente por dentro –y sonriendo, le guiñó un ojo que pasó desapercibido por la baja velocidad de transmisión de las imágenes.

–Tal vez te pueda avanzar algo –decía Cris mientras levantaba ligeramente la prenda mostrando la suavidad de la piel de su terso vientre.

–No termino de verla con detalle. ¿Por qué no la levantas un poquito más? –insistía Dave.

–Hay gente en casa. Vas a conseguir ponerme en un compromiso –volvió a reír Cris. La situación le excitaba tanto como a él–. ¿Crees que ahora lo ves mejor? –y levantó hasta entrever ligeramente la forma que delataba el inicio de un pecho.

Dave empezaba a ponerse frenético. Probaba de ampliar la imagen en la pantalla, pero la calidad transatlántica que aportaba la conexión no le permitía demasiados milagros. Se sentaba más cerca de la pantalla, acercaba la silla y se movía adoptando una mejor posición.

–¿Quieres que levante un poco más? –preguntaba Cris con gran picardía– porque yo también quiero ver algo, ¿qué me das?

–¿Qué quieres que te dé? –preguntó él–. Veremos si te lo puedo conceder. Yo tampoco estoy solo, estoy en la oficina y mis compañeros andan por ahí.

–Quiero ver tus abdominales –requirió Cris.

Dave se levantó despacio de la silla sin dejar de observar como ella se acariciaba los pechos, primero por encima y luego por debajo de la ropa. Se relamía los labios de forma insinuante y Dave empezaba a perder el control de su libido. Asegurando la mejor posición frente a la webcam, él se levantó la ajustada y elástica camiseta negra y descubrió unos abdominales notorios. Ella pensó que, para no hacer ejercicio, lucían espectaculares.

–Mmm... que delicia. Desabrocha ese cinturón, que quiero ver más –ordenó Cris–. Pero céntrate más en la imagen, ponte más a la izquierda.

Él se sonrojó. Ninguno de los dos tenía experiencia en cibersexo y Dave debía estar atento a los ruidos que pudieran indicar la llegada de cualquier compañero de trabajo a su despacho. El riesgo lo mantenía sobre excitado, algo que empezaba a resultarle adictivo en esta relación, aunque, en esta ocasión, al transcurrir la experiencia en un entorno con gente tan conocida, no le permitía desinhibirse completamente y elevar los pies del suelo.

–Cómo me pillen me voy a desmayar de vergüenza. Esto es de locos –decía él.

–Anda va, que no te van a ver. Y me debes el mostrarme algo. Quiero que te desabroches el cinturón –insistió Cris.

En cámara lenta acariciaba el cierre del cinturón hasta que se abrió. Luego, tiró de él y dejó ambos extremos colgando mostrando el botón aún cerrado de la cintura del jean. Ella se mostraba frenética. Atropellaba sus palabras y su respiración entrecortada se percibía intensa:

–¡Quiero más, más! Desabrocha ese botón anda. ¡Desabrocha el botón! –ordenó ella de forma tajante.

–Tendrás que darme algo más para equilibrarlo, ¿no te parece? –dijo Dave.

–Vale, pero tú primero –negoció Cris.

Con dos dedos y muy despacio, él aflojó el botón del pantalón hasta que se abrió. Luego, tirando de la cremallera la fue bajando centímetro a centímetro hasta dejarla abierta a mitad de su recorrido.

Al otro lado de la línea se escuchaba un ligero jadeo junto con: –¡más, bájala más, quiero verlo! – insistía Cris.

–Yo ya estoy cumpliendo –dijo él–. Necesito ver más para poder mostrarte algo de suficiente tamaño como para que pueda agradarte.

Cris se levantó de la silla y con ambas manos inició un masaje colmado de sensualidad a lo largo y ancho de sus pechos, levantándolos y mostrando la dureza que los pezones habían adquirido a través de la prenda. Luego, poco a poco fue subiendo la camiseta hasta que apareció un pezón y luego el otro.

–¡Quítate la camiseta! –ordenó Dave–. Quiero verlos bien, me encantan.

Cris subió aún más la prenda y finalmente se la quitó por encima de su cabeza. Luego siguió acariciando sus pechos hasta que, con serias dificultades, se acercó uno a la boca. El tamaño de sus senos era de un tamaño medio. Sacando la lengua, rozaba insinuante el pezón lamiendo ligeramente la punta dura y oscura.

–Baja esa cremallera y saca eso que quiero ver –insistía Cris–. ¡Lo quiero de inmediato! ¿Me has oído? ¡Quiero verla ya!

Resultaba evidente la tremenda excitación que mostraba él, algo que se apreciaba en el tamaño que exhibía bajo su pantalón. Deslizó la cremallera más abajo hasta llegar al tope de su recorrido, separando la abertura del pantalón para que se viera mejor el bóxer negro. La forma amorcillada que asomaba desbordaba la imaginación de Cris. Parecía enloquecida con lo que veía.

–¡Más, quiero verlo! –insistía ella–. ¡Bájate el pantalón!

–Esto no está igualado. También quiero ver –persuadía Dave.

Cris, obediente, empezó a tirar de la goma de la cintura de su pantalón. Él contemplaba atónito como asomaban las curvas de sus caderas para dar paso al vello de su pubis. Lo tenía bastante rasurado, aunque de la longitud suficiente como para apreciar donde empezaba su influencia.

–¡Más, más! ¡Bájalo un poco más! –insistía Dave–. Y me bajo el pantalón para ti. –Ahora era él quien estaba frenético.

–No. Vas a tener que empezar tú si quieres ver más –sentenció Cris.

Dave metió una mano entre el jean y el bóxer, acariciando con suavidad el paquete que cosechaba en el interior. Con la otra mano, por detrás, aplicaba un masaje a sus masculinas nalgas demostrando la desmedida y capaz sensualidad. En cada movimiento, cedía un poco más ese estorbo de pantalón hasta que se deslizó lentamente en dirección a la fuerza de gravedad que le inducía el planeta, primero de un lado y luego del otro. El bóxer quedó al descubierto y lo que permanecía debajo, se intuía de buen calibre.

–Quiero más, ¡quítate ese pantalón! –ordenó Cris–. Necesito ver eso que tienes para mí. ¡Quiero verlo!

Mientras, Cris fue tirando más del pantalón e introduciendo su mano por debajo del mismo. Se acariciaba con una mano un pecho mientras lo acercaba a su boca para lamer y con la otra, acariciaba su pubis en movimientos verticales, llegando en cada uno de ellos a rozar su sexo mientras aumentaba poco a poco la distancia entre sus piernas. Dave empezó a bajar el bóxer, por un lado, mostrando esa protuberancia del hueso de la pelvis que indica que lo siguiente en destapar es más comprometido. Se puso de lado y una dura nalga apareció con toda su firmeza. Delante, el prominente bulto no dejaba indiferente a Cris, que seguía insistiendo para que lo bajara más.

–¡Quiero verlo, quiero que me la muestres! –estaba totalmente descontrolada, con su vista centrada en el volumen percibido bajo el bóxer de Dave.

–Te la muestro si tú también me lo enseñas –aclaró Dave.

Cris se inclinó sobre la webcam y mirando fijamente, como si con la mirada pudiera traspasar la pantalla, muy seria dijo:

–Vale, pero si lo hago –guardó silencio unos instantes y prosiguió–, quiero verla inmediatamente y quiero que me la metas en la boca.

Dave estaba excitadísimo. Ella sabía perfectamente qué decir, en qué momento y en qué tono para hacerle perder la cabeza.

–¡Quítate el pantalón y te lo muestro todo! –dijo él.

Cris se reincorporó, retrocedió un poco empujando la silla hacia atrás y se quedó de pie inmóvil delante de la cámara.

–Recuerda lo que has prometido –recalcó ella–. No me valdrán excusas.

–Sí, te lo prometo, yo cumpliré –confirmó Dave.

Entonces metió una mano dentro del pantalón elástico, abrió un poco las piernas y gimió mientras se tocaba. Con la otra mano tiró del pantalón hacia abajo por una lado y cayó en trávelin, quedando retenida la imagen en la retina de Dave, fotograma a fotograma, hasta desaparecer a los pies por debajo del marco de la imagen en pantalla. Posaba totalmente desnuda frente a él, con el brazo cruzando su cuerpo y la mano cubriendo su pubis y su sexo.

–¡Fuera, quítate los pantalones! –ordenó Cris. ¡Quiero que me la muestres, la quiero ver ya!

Su voz imprimía un tono particularmente duro, dictatorial, aunque demostraba ser lo que en esos momentos aportaba mejores resultados sobre la pasión de él. Dave debía cumplir lo acordado. Miró hacia la puerta asegurándose de que no sería sorprendido por ningún inoportuno, tomó aire y poniéndose de lado, tiró ligeramente del bóxer mostrando todo un costado de su pelvis. Luego giró, poniéndose del otro lado y tiró hacia abajo, descubriendo totalmente sus nalgas. Metió una mano dentro y agarró el miembro con decisión, zarandeándolo lenta, pero de forma rítmica. Se percibía como friccionaba levemente aquello tan duro con el tejido interior del bóxer. Viendo Cris el movimiento al que lo sometía, se imaginó teniéndolo en su mano, deslizándose caliente, firme y dura como el acero, blandiéndola como el mango de una espada entre sus dedos, con la única intención de llegar a tomar de ella, a beber de esa templanza. Mientras, se entregaba jadeando irremediablemente ante tal fantasía.

–¡Más, quítate eso, lo quiero fuera, muéstrame! –ordenaba frenéticamente Cris.

Finalmente, metió la otra mano dentro y levantó el bóxer, que inmediatamente deslizó y se perdió fuera del marco de la pantalla. El glande duro, brillante, asomaba por encima de sus dedos que abrazaban fuertemente el miembro. El tamaño lucía poderoso. Dave estaba muy excitado y se tocaba con cuidado para no alcanzar el clímax. Temía que en cualquier momento pudiera perder el control.

–Aquí la tienes, pero yo a ti no te veo –decía él–. ¡Quiero que subas una pierna y pongas el pie sobre la mesa, quiero verte!

Cris se aproximó a la mesa y empezó a acariciarse el sexo con ambas manos. –¿Así que quieres verme? – dijo ella en un tono muy sensual y provocador. Acercándose al escritorio levantó una pierna e hizo lo que él le había pedido, puso el pie junto al teclado, acercándose luego ligeramente hacia la cámara.

–¡Aparta la mano, quiero verlo! –ordenaba Dave–. ¡Muéstrame esos labios, quiero ver todo tu sexo! Muéstrame los puntos donde más placer te causa cuando yo te toco.

–Tú primero –negociaba Cris–. Acércate a la cámara. Quiero que me la metas en la boca. Quiero probar su sabor. Por favor, mójate los dedos y ponle saliva en la punta –instruía Cris.

Dave no se lo podía creer: –¿lo dices en serio?

–¡Moja la punta con saliva! –ordenó ella de nuevo de forma tajante.

Él obedeció y tras lamerse la mano, humedeció el glande, aportándole un sugerente aspecto reluciente. Luego se acercó a la webcam y con una sola mano, de nuevo la agarró cerrando los dedos sobre ella y dejando asomar el voluminoso glande por encima para, seguidamente, conducirla calma, lenta, constante, en una frecuencia vertical mostrada en primer plano frente al monitor. La respiración de Cris se aceleraba mientras, despacio, muy despacio, apartaba su mano para mostrar lo que él le había reclamado y con sus dedos índice y corazón deslizar sus yemas a lo largo de todo su órgano sexual, desde atrás hasta esa prominencia donde confluían tensas y silentes todas las terminaciones nerviosas responsables de su máximo y secreto goce sexual. Allí se detuvo para darle al círculo la libertad de expresarse a través de sus hábiles dedos y alrededor de ese punto tan sensible, tan caliente, tan desaforadamente voluble. Dave continuaba:

–Quiero que acaricies esos puntos en los que te gustaría que te tocara –instruía él–, e imagines que tus dedos son mi lengua recorriendo esos lugares que tanto goce te producen.

Ella humedecía sus dedos con la lengua y luego los llevaba desde su boca hasta ese lugar de sumo placer donde intercalaba ambas manos dejándose sucumbir, dejándose perder, dejándose vencer en esa caricatura golosa, en ese sucedáneo al que la distancia los obligaba a recurrir.

–Estoy muy excitada –confesó ella con aquel tono de ingenuidad del que era difícil no apiadarse–. No podré aguantar mucho más.

–Aguanta un poco más. Mete los dedos dentro, quiero ver cómo te penetras –ordenó Dave.

Cris obedeció y con su dedo índice se penetró ligeramente sólo con su yema.

–Más, mételo más –insistía él.

Siguió profundizando y cuando la mitad había desaparecido, añadió también el otro. Su respiración era intensa, jadeaba sin sosiego. En ese preciso instante Dave avisó:

–Calla, calla. Me parece que viene alguien.

Bañado en prisas y mucho nervio, Dave bajó su camiseta, subió el bóxer y el pantalón y empezó a abrocharse con premura. Cris bajó la pierna y buscó en el suelo el pantalón. Mientras buscaba la camiseta escuchó:

–Qué susto, ha ido de un pelo. Ha venido un compañero a buscar un documento. Casi me da algo, no pude ni abrocharme el cinturón. Por suerte la camiseta lo tapaba y no se dio cuenta.

–Pues yo estuve a unos segundos de llegar –se rio ella–. Me dejaste a medias y ahora no sé si podré salir. Seguro que mi familia me lo nota en la cara –se rio Cris.

–Esto ha sido una locura –añadió Dave–. Cada vez se nos va más la cabeza. Tendríamos que empezar a controlarnos, ¿no te parece?, estamos perdiendo los papeles.

–Verás cuando nos veamos, como vas a perder algo más que los papeles –se rio Cris, contagiando con su risa a Dave.

El sexo, la aventura, el morbo, la emoción, el riesgo, el erotismo e incluso el disparate, no eran sólo un juego, eran todos ellos parte de la compleja madeja que formaba el eje alrededor del cuál giraba la relación y parecía que era lo que mantenía la piedra angular de esa íntima conexión, pero, lo que realmente los unía no era lo que se mostraba con tanta evidencia. La verdadera razón se encontraba a un nivel más profundo, en una magnitud en la que, una vez aterrizado, los colores del mundo empiezan a cambiar y en la vida, ya nunca más nada vuelve a ser igual. Ambos se sentían únicos en la bastedad humana, entre millones de almas que deambulan y sobreviven morando el planeta. Su conciencia se había expandido en pocos meses y sabían que eso no se debía a ninguna receta sexual. Se trataba de algo más, era la sombra que deslumbró y el desierto que floreció, era el crisol de la dicha y la ventura que tenían la suerte y el privilegio de compartir. Más rápido que despacio, fueron acompañando sus ánimas de invierno hacia ese cálido hogar, hacia ese sentimiento que empezaba a clarecer.

Cap. XII – EL SUPERMERCADO

Terminaron las navidades y la vida volvió al tedio y monotonía que ambos estaban viviendo desde hacía unos años. La única fórmula aceptable que tenían para escapar de la cotidianidad eran las eróticas fantasías desbocadas que compartían. El riesgo solía mantenerlos en un nivel de atención que los hacía sentir vivos. La vida recobraba todo el sentido y plenitud cuando llevaban a cabo sus excesos.

–Aló, ¿dónde estás? Ya he llegado –anunció Dave por teléfono.

–Estoy entrando en el supermercado para comprar varios artículos que me faltan para la cena. Si me das media hora, me esperas en la dirección que te he dado –dijo Cris.

–Vale, nos vemos allí.

Cris pensaba cocinar en casa de su tía esa noche. Había viajado a Bilbao con su abuela, una carismática octogenaria, empeñada en visitar a su hija. La mujer, pese a su avanzada edad, conservaba tanta vitalidad como exceso de carácter. Evidenciaba que durante toda su vida había tenido muy claro lo que quería. Tal vez esa era una explicación simple de la genética que gobernaba el temperamento y energía demostrado en todo momento por Cris y aunque la abuela no parecía ser ni la mitad de cariñosa que la nieta, de vez en cuando sorprendía con algún beso o abrazo en el momento menos esperado e indicado. Puede que ese fuera el principal motivo por el que, cuando organizaba un viaje de este tipo, nadie se le podía resistir, tanto era así que Cris se mostraba dichosa al tener que acompañar a la abuelita a otro continente.

A las 15:00 horas el supermercado permanecía bastante vacío. Con el cesto en una mano tomó en la otra un frasco de cebolla caramelizada y buscando la fecha de caducidad, se sintió abordada desde atrás por un abrazo que la sobresaltó. A pesar de la sorpresa, mantuvo firme cesta y frasco, haciendo alarde de ese 'detente y después actúa' que no siempre mostraba como tarjeta de presentación.

–¡Dios mío Dave, que susto me has dado! ¿Cómo me has encontrado?

Dave la abrazaba tierna pero firmemente, impidiendo que se diera la vuelta.

–Fue fácil. Es el supermercado más cercano y además, eres la cosita más deliciosa en kilómetros a la redonda –le decía casi al oído mientras le besaba el cuello, la mejilla y le lamía la oreja –cómo me gustas pequeñina. Y qué vicio me das...

Sólo pronunciar esas palabras, su mano pasó por debajo de la blusa, acariciando su vientre, algo que, por un instante, la estremeció. En un característico acto reflejo, ella escondió el estómago, instante que Dave, veloz, aprovechó para deslizar rápidamente su mano huidiza hacia abajo, hasta conquistar la suavidad de su ropa interior, traspasando el vello púbico e irrumpiendo con caricias en la entrada a su dulce paraíso.

–¡Qué haces! ¿Te has vuelto loco? Estamos en un supermercado.

Cris, asustada, miraba rápidamente en ambas direcciones del largo pasillo temiendo que apareciera alguien en cualquier momento. Su respiración alterada la mantenía en guardia, aunque, no usaría toda esa energía acumulada en su interior para oponerse al abordaje que tanto había anhelado. Mucho menos cuando notó que Dave cerraba los dedos corazón y anular, hundiéndolos en su interior, motivando un desproporcionado aumento de su humedad y una apagada exclamación seca: –¡Ufff...! –, tras lo cual se venció ante la situación. Dave la besaba con inusitado fervor sin soltar su presa, deleitándose en esa indefensión que Cris mostraba. El placer que, en segundos, ella experimentaba, le impedía hablar, le impedía reaccionar, le impedía razonar, incluso le impedía pensar. Sus brazos, cual marioneta, colgaban a los lados con frasco y cesto de la compra por extremos. Sin apenas ser consciente de ello, Cris comprimió su postura dejándose vencer mientras sus piernas se separaban casi de forma automática para facilitar el masaje. Los productos de los estantes, el mobiliario e incluso el suelo desaparecieron de su dimensión, su mundo interior la había aspirado desde su palacio de pasión. Cuando esos maravillosos instrumentos de placer empezaron a moverse en corta y rápida frecuencia, asemejándose a un fogoso vibrador, el gozo colapsó la poca voluntad que aún le quedaba a la víctima.

–No sigas por favor, que voy a llegar. Por favor, que este no es el lugar para esto –suplicó Cris.

En ese preciso instante notó como los dedos retrocedían saliendo de su interior y en un movimiento no muy rápido, se deslizaron a lo largo de esos mojados labios para sobrepasar el pináculo del templo de la fogosidad inundado en su erotismo y abandonar el embrujo a través de la abertura del pantalón. Al final del pasillo había aparecido una mujer mayor, que permanecía absorta en los productos del lineal, lo que evitó que se percatara de la comprometida escena. Les había ido de unos pocos segundos.

Cris tomó aire y cerrando por unos instantes los ojos, se obligó a bajar del maravilloso mundo de las fantasías, intentando aterrizar en la tierra de los mortales donde la esperaba su cuerpo exhausto recibiéndola sin demasiado alboroto. Debía retomar su control si no quería ponerse a caminar con una visible y alarmante cojera a causa del tembleque del que eran víctimas en esos momentos sus ajetreadas piernas. Abrió los ojos y rió, eliminando de ese modo la tensión acumulada. Respiró de nuevo profundamente y con el pecho henchido, tras depositar el frasco en el cesto de la compra dijo: –vamos, ya lo tengo todo–. Agarró la mano de Dave y empezó a caminar con paso decidido por el pasillo. Él la miró y tan sólo sonrió. Mientras abonaba la mercancía en caja, se cruzaban miradas e intercambiaban sonrisas, respetando el más riguroso silencio. La timidez de ambos demostraba en ocasiones como esta, que para vencer a la vergüenza se precisa de una arrolladora voluntad, dejándose arrastrar por el poderoso fluir de las emociones, de las pasiones, de los sentimientos. Su vida, condensada hasta ese momento en una especie de alma hueca que, liderando un sin sentido que sólo adquiría revoluciones en el día a día, por fin, alteraba su estática frecuencia, coloreaba su mortecino aspecto y adquiría temperatura. Superado el diluvio, retorna el cauce a su nivel habitual y ya en la calle y aprovechando la espera en un semáforo, Cris anunció:

–Esta vez sí que te has pasado. Ahora tú me debes una y ésta me la voy a cobrar, ¡vamos que si me la voy a cobrar...!

Un inesperado y apasionado beso silenció sus palabras hasta que el tránsito de peatones les alertó sobre el cambio de la señal para cruzar.

–No me digas que no te gustó el recibimiento. Saludé familiarmente moviendo mis deditos –bromeó Dave sonriendo sagazmente mientras gesticulaba con la mano abriendo y cerrando los dedos.

–Lo que debe moverse es la mano, no los dedos, bobo bobísimo –le corrigió ella.

–Vale, la próxima vez moveré toda la mano, pero prepárate a jadear –respondió Dave con una sonora carcajada.

En ocasiones, esos comentarios, bajo esas brisas de pura ingenuidad, le daban la sensación de estar viendo a un niño disfrazado de adulto. Le resultaba tan simpático que lo prefería a cualquiera de esos muermos que antes había conocido. Ella, también podía volver a ser una niña con él. Así que se dedicaba a ser niña, al pequeño juego de la vida del instante, del momento. Aprendía de nuevo a fijarse en cada insignificante detalle de toda pequeña flor que encontrara en el camino, todo minúsculo valor sin mesurar la importancia del instante. Y todo ello, vivido con alta sabiduría y sencilla candidez.

Tras llegar a la vivienda, Cris subió para dejar las compras y cambiarse mientras Dave aguardaba frente al portal. Irían a airearse por unas horas por el centro de la ciudad.

Cap. XIII – FOTOMATÓN

Se abrió la pesada puerta enrejada y apareció una exuberante sonrisa encorsetada en un insólito cuerpo vestido con un pantalón gris oscuro, botas de piel marrón oscuro con un buen tacón, camisa blanca y un abrigo largo, muy largo, de piel marrón mate. El pelo recogido con una coleta le confería un aire de amazona que arrancó un silbido y un comentario de Dave:

–Impresionante maniquí. Qué cosita más bonita –algo que ruborizó a Cris ya que, en la acera, junto a él, un vecino parecía esperar también a alguien.

–Tiene razón. Secundo su comentario –dijo con todo desparpajo el simpático y sonriente vecino.

Dave se giró hacia él y le guiñó un ojo. El vecino le devolvió el gesto y todos rieron.

El autobús los llevó hasta un barrio recomendado por los familiares de Cris por su oferta gastronómica. Almorzaron en un pequeño restaurante de tapeo donde pudieron ponerse al día en materia de besos y sonrisas. Mientras él hablaba, era observado atentamente por Cris, una aparente y atónita fan. Ella intentaba relacionar su imagen, su cara, sus rasgos, sus gestos y ademanes, con el hombre con el que tropezó el primer día en el museo. Había cambiado, lo recordaba algo distinto. Su prodigiosa memoria fotográfica, tiempo atrás, cuando la superficialidad en la que se educa a la juventud corrompe incluso al más humilde, le había animado a presumir o alardear de ese notorio y exclusivo talento. Ahora, gracias a esa habilidad, era capaz de visionar y analizar esos pequeños y aleatorios detalles. Intentaba contrastarlo con los sucesivos encuentros y en todos y cada uno de ellos, él había mutado en relación al acontecimiento inmediatamente anterior. Pero esa transformación también la había sufrido ella misma. Se sentía dichosa y más completa. Sin duda había evolucionado hacia un estadio más elevado, más sentido, más vital. El mozo al que contemplaba a través de la ventana del tiempo, era un licor que había madurado, pero sin enmohecer, simplemente, había mejorado.

Tras el almuerzo, salieron a pasear con la intención de, más tarde, sentarse en algún local a tomar algo, tal vez una infusión.

–¿Cómo es que no tenías pareja? –preguntó Dave al estilo de: ¿estudias o trabajas? o bien ¿vienes mucho por aquí?

–No estaba para relaciones después de mi matrimonio –respondió ella.

–Pero seguro que pretendientes no te deben faltar.

–Hay mucho moscón, es cierto –respondió ella–, pero también es difícil encontrarse con alguien cuerdo. La oferta cada vez está peor en cuanto a candidatos cabales.

–Tienes razón –aseveró él–, si no es una cosa es la otra, la sociedad está llena de rarezas. Yo lo achaco a la escabechina neuronal de la que se han encargado las drogas de diseño cuando la juventud transita por la adolescencia. Cuando se dan cuenta ya es demasiado tarde y se les activó la esquizofrenia, la psicopatía o cualquiera de esas acritudes temperamentales a las que cuesta ponerle nombre. Pocos se han librado de ello. Pocos se han librado.

–Y muchos de los que dicen no haberlas probado sí lo hicieron y siempre lo negarán –sentenció Cris–. Yo nunca las probé, aunque después de lo que acabo de decir, tal vez ya no me creas –se rio.

–A veces te veo muy alocada, pero no por efecto de las drogas. Soy consciente de que soy irresistible –bromeaba socarronamente Dave–. Yo tampoco llegué nunca a probarlas, aunque ya has visto la poca inclinación que tengo por otras más leves como son el tabaco o el alcohol.

–Aunque no te lo creas es una de las virtudes que en un principio más valoré de ti –afirmó categóricamente ella.

–Yo que pensé que te gustaban los viciosos –dijo él.

–Sólo si sonríen como tú –y se abrazó a él con toda devoción.

Se había levantado un fuerte viento y empezaba a llover. La naturaleza hostil, con su piel escamada y ya pelada de hojas, aportaba un sentimiento algo lúgubre a las mojadas y casi desiertas calles por las que resonaban los tacones de Cris. Caminar por la calle no resultaba demasiado confortable, más bien se presumía penoso y "herrumbrante".

–¿Te parece que entremos en algún lugar? Nos estamos mojando y vamos a coger frío –dijo Cris.

–¿Entrar a algún sitio contigo?, ¿me puedo fiar de ti? –alegó él.

–Por supuesto que no. En cuanto tenga la primera oportunidad te violo –se rio Cris–. Bajemos al metro y allí decidimos –terminó ella decidiendo por los dos.

Descendieron rápidamente por las escaleras hasta un gran rellano frente a las máquinas de validar los boletos. Cris tomó la iniciativa dirigiéndose hacia una pared, donde un mapa de la ciudad mostraba en vivos colores las líneas del metro.

–Estamos aquí y podríamos ir a esta zona más céntrica –instruía ella mientras señalaba con el dedo la ruta a cubrir hasta su destino.

Dave asentía con la cabeza mientras contemplaba absorto los arrebatos de entusiasmo que de vez en cuando demostraba esa deliciosa criatura.

–Pero... –añadió ella, –tengo otra idea aún mejor.

Agarrando de la mano a Dave, lo miró fijamente esgrimiendo una de esas sonrisas de niña mala mientras esperaba algún tipo de reacción por parte de él. Dave observaba confundido y en absoluto silencio, dejando patente la tarea mental que, sin expectativas de resolución inmediata, lo estaba ocupando en esos momentos. Cris se sentía de nuevo esa golfa que desea portarse mal, que se relame las uñas y los labios preparando su próxima travesura, a cuál más perversa, a cuál más viral. Estos retos auto impuestos que debía superar la tentaban en su significado más extremo.

–¡Vamos! –dijo ella con voz firme y decidida. Y arrastrándolo, empezaron a andar.

–¡Miedo me das! –susurró Dave mientras caminaban unos metros más allá hasta detenerse frente a una cabina de fotografía. El engendro era el característico fotomatón que, a cambio de unas monedas, permitía obtener fotografías de fantasía o fotografías para documentos, máquinas cada vez menos habituales debido al cambio de paradigma que había experimentado en pocos años el advenimiento de la fotografía digital, esa maravilla para los amateurs o ese veneno para tantos profesionales. Precursores y detractores, como ocurre en todas partes, cosechaban también en este arte lo relativo, una polaridad contrastada, unos extremos condicionales e irreconciliables.

–¿Te has dado cuenta de que, después de tantos meses, aún no tenemos ninguna fotografía juntos? –dijo ella haciendo uso de esas preguntas que no esperan ninguna respuesta. Y añadió decidida–: ¡Quiero una foto nuestra!

Dave sonrió y añadió: –¿nunca te dije lo poco fotogénico que soy? Mi imagen en dos dimensiones deja mucho que desear. Sólo en tres dimensiones mejoro.

–No me lo creo, pero eso lo vamos a comprobar –dijo ella–. Seguro que en estas fotos vas a quedar guapísimo –su sonrisa mantenía esa expresión de incipiente travesura a punto de aflorar.

Dave parecía sufrir de esa desconfianza que cocinan los instintos cuando, aquello a lo que llaman sexto sentido o tercer ojo, evidencia un peligro o reto desconocido que está por llegar anunciado por esa maquinaria que avanza sorda, muda y ciega hacia su fortuna o su desventura. Sus instintos le indicaban, por alguna razón, que mantener su máxima atención no debería interpretarse en esos momentos como una idea demasiado descabellada.

–¿Cuántas monedas llevas? –preguntó ella.

–Las suficientes para hacernos un par de fotos –respondió él–. ¿Necesitarás más?

–Será suficiente, ¡entra! –lo empujó adentro y se metió detrás de él, para luego correr la cortina.

Dave observaba el pelo mojado de Cris. Varios mechones negros, aspirantes a alcanzar la entropía, yacían desordenados sobre esa ternura de rostro que, por más que él contemplara, jamás llegaba a saciar su sedienta curiosidad. La inercia que guiaba a Cris a través de sus propias pasiones, de instintos y de emociones, se manifestaba como energía que afloraba sin fueros, sin orden y sin concierto, de forma espontánea y arrolladora, pudiéndose fácilmente tildar de temeraria. Cuando Cris se lanzaba, resultaba incontrolable.

Mientras se sentaba en el taburete, Dave preguntó: –¿te sientas encima o a mi lado?

–Ahora levántate –ordenó ella casi sin dejarle terminar de hablar y tirando hacia arriba de su brazo.

Él, obediente, cumplió la orden extrañado. Mostraba claros signos de completo desconcierto, pero ya había asimilado que el mando en ese momento lo ostentaba ella y no osaba contravenir sus indicaciones, ni tan solo cuestionarlas, sencillamente la dejaba hacer. Ella ordenaba y él disponía.

–¿Recuerdas que me debes una por lo de esta mañana? –le recordó ella–. ¡Quiero una foto de tu juguete en mi boca! –sonrió traviesa mientras desabrochaba el cinturón del pantalón de Dave.

–¿Estás loca? –se escandalizó él. Si viene alguien la vamos a liar.

Mientras Dave pronunciaba esas palabras, ella ya había desabrochado el botón, bajado la cremallera y se había agachado frente a él. Cuando empezó a bajarle el pantalón, Dave intentó oponer franca resistencia procurando no hacer ruido. Ella, con esa fijación y testarudez ya demostrada, no se intimidaba en la afrenta, demostrando estar totalmente decidida a cumplir con su objetivo.

–Tú saca las monedas –ordenó ella con la voz firme y decidida que imprime un general a sus tropas–. Contra más tardes, más tiempo la tendré en mi boca y tengo ganas de ordeñarte, tengo hambre, quiero tu leche. –terminó.

El magnetismo emocional que imperaba en esas desfibriladas situaciones, mantenía a Cris en un auténtico secuestro emocional que le impedía razonar. La levadura pasional, como una forma de intensificar aún más su expresividad, hacía brotar en sus palabras esa vulgaridad de una manera en la que ella misma nunca se habría reconocido. Hasta hacía poco había considerado este tipo de expresiones como formas groseras, grotescas y perteneciente a gentes con escasa cultura. Irónicamente ahora era ella la que las utilizaba cada vez con mayor asiduidad al dejarse llevar por esos excesos de incontrolada pasión. Además, la simple idea de que le eyacularan en la boca siempre le había producido náuseas, pero con Dave, parecía que habían mutado sus limitaciones y preferencias hasta el punto de apetecerle probar, degustar y tragar, fantaseando con todo lo que procediera de Dave. Él, atenazado por los nervios, buscaba la cartera en los bolsillos de su chaqueta cuando Cris, sin dar tregua, bajó el bóxer negro en un único y rápido movimiento que le brindó esos instantes de grata felicidad. A tan corta distancia el tamaño lucía majestuoso y la rigidez de su templanza afirmaba su poder. El glande, como anfitrión del momento, se mostraba grandioso, liso y brillante, afirmándose en una potencia indiscutible. Cris asió el pene fuertemente entre sus dedos mientras lo observaba con deseo. Luego, con su sensual y provocadora sonrisa, miró fijamente a los ojos de Dave, el cual se afanaba en localizar la dichosa cartera.

–Mmmm... que rica –sonreía lasciva mientras aportaba algo de teatro a la escena–. Me la voy a tragar –amenazaba disfrutando viéndolo tan nervioso.

Y seguidamente la metió en su boca sin previos ni contemplaciones, succionando a medida que avanzaba, que tragaba gozosa hasta llegar al fondo de su garganta. Dave así lo sintió y ante un díscolo arrebato, retrocedió instintivamente. La pared de la cabina sólo le permitió moverse unos centímetros y ella se la tragó de nuevo sin preguntar, sin consensuar, sin ninguna piedad ni consideración, haciéndola desaparecer de nuevo en las profundidades de su ávida boca.

–Ya tengo las monedas –dijo él con voz entrecortada mostrando la más pura ingenuidad.

De la cartera extraía monedas y alargaba torpemente el brazo mientras se inclinaba para introducirlas en la ranura de la máquina. Procedía con sumo cuidado temiendo hacerle daño si se hundía por accidente demasiado en su garganta. Ella, cogiendo fuertemente el miembro, lo movía adelante y atrás mientras con la otra mano aplicaba hábilmente un ligero masaje, aunque sin demasiada sutileza, a los sensibles testículos. El movimiento combinado lo intuía como la mejor fórmula para extraer la esencia sexual que en esos momentos se le antojaba degustar.

–Por favor, detente o te voy a manchar, me estás excitando demasiado –dijo Dave–. Ya están dentro las monedas y se va a disparar la foto.

Dave no sabía cómo detenerla. Ella estaba fuera de sí y se deleitaba como un chucho relamiendo y saboreando un hueso grande y sabroso entre sus patas. Preparándose para la instantánea, la sacó de su boca y se colocó de lado buscando la altura correcta en la señal de la máquina.

–Sube, que me parece que no va a salir bien –dijo Cris.

–No puedo subir más, esta cámara es para caras, no para esto –explicó Dave.

–Pues ponte, aunque sea de puntillas, ¡quiero esta foto! –ordenó caprichosa ella.

Dave observaba por el cristal de la cámara que, con su interior oscuro, espejaba nítido el habitáculo. Una vez en posición, la expresión de Cris se tornó en esa dualidad donde es fácil confundir sensualidad con vicio sin llegar a determinar cuál de ellas predomina sobre la otra. Miraba prácticamente de reojo al cristal frunciendo el ceño mientras humedecía el falo con verdadera maestría, dando la sensación de que no era novicia en esa naturaleza, sino que había representado la escena en multitud de oportunidades. Lo cierto era todo lo contrario, siempre se había mostrado tímida e ingenua en todo lo relativo a sexualidad. Pensaba en la reacción que tendría si, en ese preciso instante, algún irrespetuoso tenía la ocurrencia de retirar el telón del escenario. De la cortina hacia adentro entendía que se trataba de una zona reservada y privada, como podría serlo el probador de una tienda de ropa, al menos durante el tiempo necesario y prudencial para probarse lo que se quiere adquirir o bien, en este caso, el hacerse unas fotografías de poca fantasía y mucha realidad. El modo en cómo éstas se tomaran detrás de la intimidad de esa cortina, sólo debería importar al contratante, es decir, al que paga y en este caso, aunque se usaría el dinero de Dave, quien tomaba la iniciativa era ella con todas sus consecuencias. No estaba demasiado versada en derecho, pero esa lógica no le dejaba demasiadas dudas acerca del dictamen de la sentencia a pesar de su originalidad. Sin duda una intromisión de ese tipo no iba a tolerarla. Dave había despertado en ella ese libido de una forma que jamás había experimentado antes y parecía que dejaba atrás una vida carente de esa magia y erotismo. Se sentía renovada por primera vez en muchos años.

–¡Qué loca que estás! –decía Dave con la frente humedecida en el furor de tanta tensión–. El indicador de la cámara muestra que está a punto de disparar.

–No te muevas, sino tendremos que repetirla –ordenó ella.

Inmediatamente se apresuró a tomar posición de nuevo y expresar su teatro con la máxima credibilidad que imponía el acto. Abrió su boca y se acercó al glande para encajar el cálido capricho entre sus blancos dientes, acariciándolo ligeramente con la punta de su lengua. A través del maravilloso juguete, notaba como Dave, tal vez debido al riesgo de ser descubiertos, temblaba como una hoja azotada por la brisa. Ella se sabía imbuida, absorta, sectaria con los estímulos generados por tan febriles experiencias, los cuales la lanzaban a desbocarse como animal en celo. Cris agarraba con incuestionable decisión el tronco viril como si manejara su más preciada posesión, se sentía dueña absoluta de esa extensión. Con la otra mano acariciaba levemente la zona testicular, aplicando una intermitente, ligera y efectiva presión que mantenía sobreexcitada a su víctima. Él intentaba aguantar, apretando los dientes y los puños, procurando no moverse para no estropear la fotografía, no quería que ella cumpliera con su amenaza y tuviera que volver a repetirla. Se disparó un primer flash.

–Ya está, ya tienes tu foto –dijo Dave.

–No, no te muevas, que son cuatro disparos –dijo Cris.

Y de nuevo la hundió en su boca mientras la sacudía horizontalmente para aumentar la excitación y la templanza de la erección. Al separarse se disparó el siguiente flash mientras lamía por debajo del tallo mostrando ante la cámara su lengua en toda su extensión. Dave empezaba a suspirar y se percibía el inminente peligro de sobrevenir el clímax, así que Cris agarró con fuerza sus testículos mientras le decía:

–Ni se te ocurra llegar aún –avisó ella con rudeza–. Quiero tu esperma en mi boca en la última imagen, no antes.

Esa dureza en sus palabras, lejos de intimidarle, le excitaban aún más. ¿Cómo colocarse? Se sentía apresado y sodomizado por esa loca sexual, pero era magnífico lo que le hacía sentir. Para la tercera fotografía selló la distancia con un simple y tierno beso mostrando sus carnosos labios sobre el brillo del espectacular glande.

–Y ahora, ¡lo quiero todo en mi boca! –ordenó Cris.

–Cof, cof.

–¿Has oído? –dijo Dave. –Hay alguien afuera. Acaba de toser.

–Quiero esa foto –la movía como una obsesa maestra especializada en extracción seminal, con la única intención de aliviarlo. Mientras, Dave luchaba por zafarse subiéndose las ropas a la vez que se disparaba el cuarto y último flash.

–Estamos ambos locos. Hay alguien fuera –susurraba él.

Claramente la situación había cambiado para Dave y eso limitaba su nivel de sumisión ante los caprichos de su princesa. Así que Cris regresó a la sensatez y terminó por reincorporarse, quedándose inmóvil frente a él mientras éste se abrochaba el pantalón. Mirándole fijamente a los ojos con estudiada seriedad le dijo en tono firme e intransigente:

–Sigues teniendo una deuda conmigo.

Fuera, esperaba un hombre con un niño cogido de su mano. Esperaban pacientes su turno en la máquina. Se sorprendió al verlos salir. Por suerte, la cortinilla era de las que llegaban hasta el suelo, algo no muy habitual en este tipo de cabinas. Cris solía tener el don de la oportunidad. Las fotografías ya habían salido por una ranura y tras hacerse con ellas, agarró por la mano a Dave y lo arrastró lejos de ahí.

Concentrada en las instantáneas sentenció:

–¡Qué desastre! –exclamó –No se ve ni una bien. En todas estaba demasiado abajo y sólo se me ve la frente. Tendremos que repetirlas.

–No, no. Ya no vuelves a engañarme más en una máquina de esas –terminó él riendo.

Cap. XIV – RUTA EN 4x4

Dave tuvo que pasar tres días en Madrid. El Domingo regresaría a Bilbao para poder pasar el día juntos. Ella no quería ausentarse durante mucho tiempo teniendo a la abuela cerca. La anciana, en cierto modo, mostraba ser tenedora de ideas modernas, pero luego, revolvía en su museo y se valía de esas prácticas de censura que tantas abuelas mantienen en cuanto a pasar o no la noche con un "desconocido". El rastro de pretéritas épocas y costumbres se acumulaban en el acervo de esa señora y el cariño que sentía Cris por ella, la llevaban a intentar complacerla el poco tiempo que tenía la oportunidad de compartir con ella. Así que no preguntaría, no probaría, no arriesgaría a ver reproducido en el rostro de la abuelita esa expresión de desacuerdo que bien seguro a Cris le dejaría mal cuerpo para el resto de su vida cuando la anciana ya no estuviera. El matriarcado, en este caso, mantenía profundas raíces que a ella siempre le habían resultado difíciles de precisar.

–Unos amigos que están en Vitoria me han propuesto hacer una salida en 4x4 a unos lagos –explicó Dave–. ¿Te gustaría que alquiláramos un vehículo y nos escapáramos?

A Cris, la propuesta le pareció divertida, o al menos diferente a cualquier cita de las que antes había tenido. Al menos, en este caso, no necesitarían de chaleco salvavidas. Un vehículo de ese tipo, además, le aportaba seguridad.

–Bien, pero por la noche debo estar en casa, si no, mi abuelita se preocupa –respondió Cris–. Al menos, mientras esté estos días con ella, no quiero alterarla.

–No te preocupes. Te recojo pronto con el coche y pasamos sólo el Domingo fuera, regresando por la tarde.

La aventura prometía. Cris se vistió con unas deportivas, mallas gruesas negras y sobre dos prendas de grueso medio y manga larga, se puso una sudadera blanca con capucha. Preparó unos bocadillos de tortilla, de queso y de pollo con lechuga. Unos refrescos y unos botellines de agua completaron el ágape. Él le había dicho que traería una chaqueta para ella y algunos frutos secos. Su aparición, vestido de montañero y con un aspecto tan distinto a lo que la tenía acostumbrada, la sorprendió, le pareció divertido y seductor. Vestía con un pantalón negro que parecía elástico en algunas partes. Tenía unos refuerzos del mismo color, pero de un material distinto en rodillas y trasero. Las botas, también negras, eran de media caña y el marcado y grueso grabado que se apreciaba en las suelas, indicaban un poderoso agarre en cualquier tipo de terreno por deslizante que este fuera. Una camiseta elástica gris de manga larga y un suéter marrón oscuro de lana y cuello alto, que se puso cuando salió del vehículo, completaban el atuendo que le confería un porte moderno, sugerente y suficientemente atractivo.

–No esperaba verte vestido así –dijo ella mientras él salía del todo terreno.

–¿No te gusta? –preguntó refiriéndose a su indumentaria. Y añadió–: Te he traído una chaqueta con membrana cortaviento. La vi en una tienda y pensé que la habían fabricado para ti –le dijo mientras le entregaba la prenda–. Yo llevo una parecida en el maletero.

Ese argot técnico, a ella le sonaba a chino. La chaqueta era de un tejido suave y muy ligero y ese curioso color naranja y negro, aparentemente la entusiasmó.

–¿No vas a abrazarme? –dijo él.

–Lo estaba deseando, pero antes quería asegurarme de que eras tú –tras lo cual, dio un salto sobre él y agarrándose a su cuello, lo apresó fuertemente entre sus piernas.

El arte de tocar, la necesidad de contacto con el ser querido, adquiría una dimensión de gracia, de serenidad y de necesidad. Recuperaba muchas de las sensaciones olvidadas, perdidas en algún lugar de su pasado. Un pasado tal vez distante, un pasado feliz, puede que un pasado vinculado a su infancia cuando tocar tomaba prioridad sobre cualquier otro estímulo. Tocar a Dave la hacía feliz.

–Desconocía tu faceta de anaconda. Eres peligrosísima –bromeó Dave.

–¡Oye, que ese es mi culo! –exclamó Cris cuando él la sujetó para que no resbalara.

–Suerte que me avisaste. No estaba seguro de si era el tuyo o el de mi vecina.

–¿Tu vecina? –preguntó ella–. Espero no encontrármela nunca con tus manos en su culo o con las suyas en el tuyo, porque puede que entonces, "su culo" –recalcó enfatizando esas dos palabras– llegue a conocer la suela de mi bota.

–Con esa agresividad –dijo él–, dudo mucho que hagas amistades en mi comunidad –y ambos rieron.

–Por cierto, a la pregunta de antes, sí, me gusta mucho como te queda esta ropa –añadió Cris–. Estás muy comestible. Me parece que te daré a ti los bocadillos y yo me quedo contigo –dijo mientras lo besaba ligera pero sensualmente.

Tras recorrer varios kilómetros se detuvieron en una gasolinera de la carretera. Allí, en dos vehículos todo terreno, los esperaban dos hombres y una mujer.

–Hola Dave. ¡Qué puntualidad! –saludó con efusividad el hombre que iba solo mientras le regalaba una espléndida sonrisa.

La pareja sonreía, aunque, por su expresión, parecía que habían descansado poco aquella noche. Tras adelantarse y ejecutar los pertinentes saludos, se giró hacia Cris para pedirle con un gesto que se acercara. Ella ya había tomado la iniciativa, así que el gesto se salvó discreto.

–Os presento a Cris. Es de Venus. Me la acabo de encontrar en una curva cuando bajaba de su platillo volante y decidí nombrarla mi extraterrestre favorita –bromeó Dave.

Cris, mostrando su espontaneidad, reaccionó ágil: –sí, descendimos en nuestro ovni y entre una vaca lechera y un humano, decidimos abducir al humano. La vaca lechera huyó, mientras que el humano se quedó alelado mirando.

–¿Me has llamado lelo? –preguntó Dave.

–Solo podemos abducir atontando a la víctima y la vaca demostró ser demasiado inteligente –terminó Cris mientras todos reían–. Hola, en realidad soy terrícola –y seguía riendo mientras daba dos besos a las amistades de Dave mientras cada uno le recitaba su nombre–. A ver, dejad que recuerde –mientras señalaba a cada uno– Julio, Carmen y Luis.

Tras las bromas y las presentaciones, entraron al bar a desayunar. A Cris le parecieron todos muy agradables y en un ambiente muy distendido, se decidió la ruta a seguir.

–Me han dicho que vamos a encontrar nieve –advirtió Luis. Su mujer, Raquel, se estaba recuperando de una gripe y se auto–prescribió reposo por miedo a recaer, así que Luis esta vez viajaba solo–. Esperemos que los neumáticos de asfalto que montan vuestros vehículos no nos den problemas. Tendremos que ir con cuidado porque vamos sin cadenas, ¿no es así? –Tanto Dave como Julio asintieron.

Tras salir del bar y mientras Julio repostaba combustible, Cris estuvo conversando con Carmen de temas variados mientras Dave lo hacía con Luis de negocios, hasta que oyeron el claxon del coche de Julio que avisaba para salir, momento en el que regresaron a sus vehículos y se pusieron en marcha.

–Tus amigos me han caído muy bien –dijo Cris.

–Son muy buena gente –afirmó él–. A Julio hace muchos años que lo conozco. A su mujer y a Luis no tantos, pero con todos ellos he compartido muchas aventuras. Antes éramos un grupo más grande, pero a medida que crecen las obligaciones, las relaciones interpersonales menguan.

–Me encanta la chaqueta –dijo ella mientras volvía a inspeccionarla con calma–. ¿Cómo sabías que me gustaría? El color es muy arriesgado. ¿Me quedaba bien?, ¿crees que siendo un tejido tan delgado no pasaré frío?

El entusiasmo demostrado con el regalo, le provocaba esa verborrea en la que cientos de preguntas se apiñaban una tras otra para ser vomitadas a discreción. Él sonreía en silencio deleitándose ante la aparente ingenuidad de tan graciosa criatura, la escena le resultaba de lo más tierna y seductora. Dave la despachaba con esas encandiladas miradas que fácilmente fundirían un glaciar.

–Está hecha con una membrana impermeable corta viento –dijo él.

–Sí, ya me lo dijiste antes, pero no sé qué significa eso de la membrana.

–Un tejido con membrana –añadió Dave– es un material con poros microscópicos de un tamaño mayor que el de las moléculas de vapor de agua de nuestra transpiración, pero más pequeños que las gotas de agua que llegan por ejemplo con la lluvia. Esos micro–poros no permiten que penetre ni el agua ni el viento, pero sí puede traspasarlos el vapor, algo que te evita sudar mientras te protege de la lluvia.

–Caramba, ¿evita sudar? –Interrumpió Cris–. Pensaba que el sudar se debía al exceso de calor.

–No –corrigió él–. El sudar es debido a la incapacidad del aire que te rodea para absorber el vapor que tu piel expele al transpirar. Y la piel transpira, entre otros motivos, para mantener la temperatura interna estable, ya que el agua expulsada en forma de gas, es decir de vapor de agua, se lleva fuera del cuerpo ese exceso de calor.

–Qué complicado –decía Cris demostrando expectación. Admiraba sorprendida la sabiduría con la que Dave argumentaba y sobre todo, la capacidad para transmitirla y hacerse entender.

–Con tanta física no estoy segura de comprender perfectamente –dijo Cris con una expresión de haber entendido menos que poco.

–Lo extraño sería que lo comprendieras a la primera –respondió él soltando una carcajada–. Yo tardé mucho más que tú en comprender lo básico de esa física que tú ya has superado. Verás, si la atmósfera está muy cargada de humedad como por ejemplo bajo tierra en una cueva, a bordo de un barco o cuando se te traga la niebla, será fácil ver cómo la piel echa humo porque el vapor que transpiramos no consigue ser absorbido rápidamente por el aire tan humedecido que está al límite del colapso, al límite de lluvia. En cambio, el aire seco por ejemplo de un desierto, lo absorbería de inmediato impidiéndote ver esa niebla brotando de tu piel o incluso a través de tus ropas. ¿A que nunca te fijaste en que la niebla apareciera de entre tus ropas?

–¿Eso puede ocurrir? –preguntó Cris.

–Ocurre, sí –respondió él–. La primera vez que me percaté fue en una profunda galería de una cueva en los Pirineos Catalanes. No iba bien equipado, vestía con ropa de algodón y mi transpiración formaba vaho apareciendo por mis brazos y mis piernas a través de la ropa. Al principio me asusté y luego me maravillé y empecé a pensar acerca del motivo. Ahora parece fácil de deducir, pero en esos momentos de ignorancia te parecen cosas de hadas.

–Entonces, ¿ese es el motivo por el que se empaña el espejo del baño cuando te duchas? –preguntó ella pensativa.

–¡Wow, que buen ejemplo! –exclamó Dave.

–Tendrás que contratarme de ayudante para buscarte ejemplos cuando seas catedrático –bromeó ella.

–Pocas clases impartiríamos tú y yo juntos. Qué peligrosa eres –dijo él siguiéndole la broma y continuó:

–Fíjate que cuando abres el agua caliente en la ducha, al principio no hay vapor en el aire ni está empañado el cristal, pero al poco tiempo, esa atmósfera ya no puede absorber más vapor, para finalmente condensar en el aire formando el vaho que se adherirá a lugares más fríos, es decir a cualquier superficie, como por ejemplo el espejo. Cuando se acumule mucho vaho, al final incluso formará gotas de agua.

–Ahora sí que lo entiendo –decía Cris con esa expresión de franca victoria por considerar haber superado el nivel.

Dave continuó: –si además colocas un plástico o cualquier tejido impermeable sobre la fuente de vapor, en nuestro caso la piel, ese vapor expulsado, lógicamente terminará condensando por el lado interior de ese pantalón o chaqueta aislante y el resultado final será que acabarás empapada de sudor.

–Ahora en serio, ¿nunca has pensado en dedicarte a la docencia? –preguntó Cris en un tono en el que era difícil identificar si hablaba en serio o en broma–. Lo explicas todo de forma muy clara y entendible, buscando siempre muy buenos ejemplos. Poca gente se toma tantas molestias en conseguir llegar a su público. –Sin esperar respuesta continuó–: Aunque lo que me sigue generando duda es por qué no paso frío con una prenda tan fina.

Él mantuvo unos instantes de silencio buscando las palabras más adecuadas. –A ver, esto es más complicado de explicar– volvió a hacer un silencio y tomó aire, como queriendo coger carrerilla. –¿sabes que las buenas preguntas son las que tienen respuestas difíciles?

–Veo que ya te estás amilanando y no te atreves a responder –se reía Cris con sorna.

Él la miró y sonrió mordiéndose el labio inferior para luego proseguir: –allá voy– y tras otra breve pausa arrancó de nuevo:

–Los micro–poros también detienen el viento, que no es más que moléculas de gas, o de aire, como quieras tú llamarlo, que se trasladan a cierta velocidad ejerciendo una presión cuando colisionan contra un tejido e intentan traspasarlo. A mayor viento, más presión ejercerán esas moléculas intentando traspasar la membrana que incorpora el tejido de la chaqueta. El viento arrastrará las moléculas de aire caliente que encuentre a su paso, incluidas las que se calentaron junto a tu piel. A mayor aguante de la membrana, más protegida del viento estarás, evitando en gran medida el cambio de temperatura al mantenerte aislada del exterior. Y eso se logra sin necesidad de amontonar varias capas o de acumular mucho volumen de ropa.

–Vaya, cuanta tecnología. –dijo sorprendida Cris–. Y tú, ¿cómo sabes todas esas cosas?

–He practicado durante muchos años toda clase de deportes de aventura –explicó él.

–Entonces –continuó ella–, según entendí, solo sirve para cuando llueve o sopla el viento. Pero ¿qué ocurre si no hay viento, pero aun así la temperatura es muy baja? En una cámara frigorífica no habría viento, pero estarías a temperatura de helado de vainilla.

–O de filete de mamut siberiano –contraatacó Dave mientras reía por la ocurrencia tan buena que había tenido Cris con el helado–. Si te quedas encerrada en una nevera llena de helado de vainilla –continuó Dave con el ejemplo– o permaneces a una temperatura muy baja, deberás usar la prenda de membrana en combinación con otras prendas.

Ella escuchaba atenta, con los ojos bien abiertos, intentando asimilar cada palabra, cada detalle, como si luego tuviera que presentarse a un difícil examen de fin de carrera.

–Verás –seguía Dave–, si mantenemos una capa de aire entre el cuerpo y esa capa de tejido aislante al viento, la calentaremos mientras se acumula el propio calor corporal, haciéndote sentir confortable.

–Qué complicado, pero tiene su lógica –dijo ella.

Dave continuó: –ese es el principio usado por las prendas de pluma, las cuales atrapan el aire caliente entre sus micro–cavidades o los trajes de neopreno de los submarinistas, donde se calienta el agua encapsulada en la porosidad de esa especie de esponja. Una vez conocida esa física, incluso en condiciones meteorológicas adversas, salir a la naturaleza resulta mucho más sencillo y agradable.

En otra época o con otra persona, todas estas explicaciones le hubieran aburrido terriblemente y de ningún modo, las habría llegado a asimilar, pero a él, le prestaba toda la atención del mundo, algo que la invitaba a reflexionar.

Tras doce kilómetros rompieron a la derecha y enfilaron un camino de asfalto antiguo entre frondosa naturaleza. El azul del cielo se percibía limpio, claro, sereno y transmitía un brillo especial, desconocido cuando es observado desde la ciudad. Cris bajó un poco la ventanilla para respirar el aire cargado de oxígeno que se cultivaba entre tanta natura. El gélido aire de finales de enero enmudecía cualquier melodía de pájaros que, en otra temporada, interpretan su canto y su teatro. Cuando empezaron a tomar altura, el espectáculo visual cortaba la respiración a la vez que la nieve moteaba el paisaje a doquier. La conducción debía esquivar, de vez en cuando, algún lodazal a la par que el hielo se las tenía para conquistar el camino. A medida que avanzaban las gomas por el gélido e hilarante escenario, iban tomándole el pulso al blanco manto. Divisaron en frente el esquivo lago, completamente helado y finalmente todo se tiñó de blanco y se tragó el asfalto.

–Vaya, está completamente helado. Me temo que no podremos bañarnos –bromeó Dave.

–Casi mejor, porque no veo ninguna tienda para comprarme un bañador –se rio Cris.

–Por mí no te preocupes, esto es un lago naturista, podemos bañarnos sin bañador.

–Mejor tú te bañas y yo te observo –terminó Cris.

El vehículo perdía tracción, así que redujeron la velocidad.

–Debemos estar muy por debajo de cero grados, porque llevamos todo el rato el 4x4 y sigo notando que pierde tracción, está todo helado. El problema de estos todo terreno tan urbanitas es que bloquean el diferencial a su manera, si es que lo hacen y no como debería ser, están demasiado indicados para el asfalto –dijo Dave.

Ella lo escuchaba atentamente sin entender palabra. No sabía qué era el bloqueo del diferencial, pero le gustaba contemplar esa mirada llena de ciencia. Así que escuchaba quieta, tibia, serena y lozana sin pronunciar palabra, alargando eternamente el silencio. De vez en cuando, Dave apartaba la vista del horizonte inmediato y la encontraba mirándole complacida.

–Algún día me explicarás qué es eso del diferencial –dijo Cris desde detrás de una calma sonrisa.

Él la miró y le devolvió esa sonrisa para, tras unos segundos de reflexión y silencio decir: –al final voy a pensar que dijiste en serio que me veías de profesor– y sonrió sin mostrar los dientes.

–Es que me gusta escucharte –dijo ella–, ¿se nota?

–A mi me gusta besarte –respondió él de forma inesperada.

–Tendrás que esperar a salir de la nevera y que me termine el helado –se rió ella.

La miró y con voz dulce continuó la explicación que ella le había pedido: –el diferencial sirve para repartir la tracción del motor a las ruedas. En las curvas, las ruedas que están en la parte exterior recorren más camino que las del lado interior de la curva y por tanto, necesitan girar más deprisa. El diferencial compensa esa potencia para que todas las ruedas muerdan con las mismas ganas el asfalto y así mantener el vehículo más agarrado al suelo en las curvas.

–Eso de morder lo entiendo –dijo ella con una doble intención mientras lo observaba con ternura y suprema picardía– pero eso que has dicho del blocaje, ¿también es algo erótico?

Dave no podía dejar de reír. A cualquier conversación, por seria que ésta fuera, ella le ponía ese fresco humor que despertaba a la brisa en primavera.

–Si una rueda pierde tracción –continuó él con la explicación–, hasta el punto de patinar porque se haya quedado rodando en el aire, por culpa del lodo, por agua, arena o hielo, la otra rueda le enviará la tracción y se quedará sin fuerza porque la primera la tomará toda y seguirá patinando, seguirá girando sin agarrar en firme. Entonces es cuando, bloqueando el diferencial, se independizan ambas ruedas recibiendo por igual la fuerza del motor.

–¿Ves?, explicado así no resulta tan difícil de entender –añadió Cris.

Él continuó: –yo no soy ningún experto en mecánica, pero tengo entendido que los coches modernos utilizan sistemas electrónicos para mejorar balanceo, agarre, etc. en asfalto, pero en montaña no son tan efectivos como lo eran antes. Me parece que podrían llegar a bloquearse independientemente hasta tres diferenciales, para independizar las ruedas delanteras, las traseras y finalmente de forma cruzada. Pero ahora, que todo se realiza automáticamente, vete a saber como funciona.

Cuando llegaron junto al lago, avanzaban por un manto blanco. El vehículo de Luis presidía la marcha y era el que debía intuir por dónde discurría la pista, dormida bajo la nieve. Llegando al supuesto lago, decidieron detenerse. Sin duda, la excursión no la imaginaron así, pero no dejaba de ser una experiencia única e irrepetible y por tanto, algo importante para recordar. Se apearon de los vehículos y por unos segundos, guardaron silencio, poniendo especial atención a la ausencia de sonidos. La quietud era absoluta. La forma del lago se perfilaba en caprichos redondeados, los bultos blancos mostraban donde se encontraban desniveles, rocas y ramas. Avanzaron hasta la apreciable orilla y tras jugar un rato con la nieve, decidieron comer algo. La conversación resultaba amena y a la vez cómica, porque el frío les entumecía la mandíbula y se hacía difícil articular las palabras. El temblor y el crepitar de los dientes se hizo evidente sobre todo en Carmen. Cris se quejó de tener los pies mojados y fríos, así que decidieron subir a los vehículos para calentarse y bajar a una zona menos fría. Tras dar la vuelta, el último vehículo, el de Dave, se situó el primero. Era el que tenía los peores neumáticos y por ende, la peor tracción, pero al menos, ahora avanzaban sobre las trazas que ya habían abierto en la subida. Tras una curva, tuvieron que detenerse. Una pequeña avalancha había cubierto todas las trazas. No les quedaba más remedio que avanzar a ciegas, así que reanudaron el camino despacio. Cris tenía los pies congelados, sus zapatos y calcetines se habían empapado. La calefacción no podía ponerse al máximo porque, junto con la humedad interior, se empañaban totalmente los cristales y por tanto, en posición fetal y con los pies descalzos sobre el asiento, procuraba calentarse con la ayuda de un masaje.

–¡Qué tensión conducir así!, no se ve nada –dijo Dave–. Voy a intentar una cosa. Subiré la calefacción al máximo y conectaré el aire acondicionado. Así se secará la humedad y no se empañarán los cristales.

–No sabía que pudiera ponerse la calefacción junto con el aire acondicionado –dijo ella.

–No sé si todos los vehículos lo permiten, pero éste parece que sí –terminó él.

De repente y sin esperarlo, el coche patinó y se cruzó deslizándose de lado hasta detenerse bruscamente. Había quedado inclinado y la rueda trasera hundida en lo que parecía un margen. Intentó avanzar de nuevo, pero un extraño ruido le hizo desistir. No sólo estaban atrapados, sino que había algo más.

–Uy uy uy. Creo que hemos roto algo –dijo Dave.

–No fastidies. ¿Has visto la hora que es? Mi abuelita se preocupará.

Dave salió del coche y junto con Julio y Luis se pusieron a inspeccionar la situación. Con una pala que traía Luis, sacaron nieve de debajo del coche y usando un gato hidráulico, lo intentaron levantar. Cris ya había recuperado su movilidad en los dedos de los pies y sólo hacía que mirar el reloj. La luz del día, triste, lenta y nostálgica se despedía cuando Dave entró y dijo:

–Recoge las cosas, parece que se ha roto un palier. Dejaremos el coche y nos lleva Luis. Mañana volverá Julio con una grúa, porque aquí no podrá llegar la asistencia.

–¿No tendrás problemas con la empresa que te alquiló el coche? –preguntó Cris.

–Ya les he llamado y no habrá problema. Tendré que abonar un día más, pero creemos que de la reparación se hará cargo el seguro –respondió él.

Subieron al asiento trasero del coche de Luis ya que el delantero estaba lleno de cosas y se pusieron en marcha sin demasiados problemas. Se notaba especialmente la adherencia sobre la nieve de esos neumáticos de invierno. Carmen y Julio, en el otro vehículo, seguían a cierta distancia sobre sus rodadas.

–¿Aún tienes frío? –le consultó Dave con expresión buena y serena.

–Me he destemplado, sí.

–Ven, acércate. –Dave la abrazó y la cubrió con una chaqueta–. Ahora entrarás en calor.

–Coged la manta que hay detrás –dijo Luis.

Dave, alargando el brazo, la cogió e inmediatamente la desplegó para echarla por encima y cubrirse ambos. Cris se sentía muy cómoda y protegida.

Luis había retomado la conversación de la mañana en la gasolinera con Dave y le contaba los problemas que estaba teniendo con ciertos empleados en su empresa. Cada uno tiene su suerte y fácil no es ninguna. Dave intentaba re–enfocar la situación aportándole otro punto de vista. Mientras, Cris oía, pero no escuchaba y se refugiaba con toda ternura en el acogedor abrazo, intentando entrar en calor. La luz del ocaso se había fugado, cediendo ante la oscuridad. Una vez descalza y con los dedos aún entumecidos, se sentó con las piernas recogidas en posición fetal junto a Dave y abrazada a él bajo la manta, fue cuando descubrió el cinturón del pantalón de él. Sus frías manos buscaban la forma de entrar en calor y pensó que nada mejor que aquello tan cálido que se custodiaba bajo esas ropas. La idea le pareció tan sensacional que no tardó ni un segundo en aflojar y liberar la hebilla del cinturón. Dave, que estaba hablando en esos momentos, hizo una pequeña pausa al darse cuenta de lo que sucedía bajo la manta y disimuladamente, siguió con su exposición. El talento que demostraba ella no tenía comparación. En unos segundos, había persuadido botón y cremallera, atisbando como última frontera sólo la ropa interior. Cuando quebrantó el obstáculo, tomó aquello con su helada mano y él resopló. Cris quedó estática, paciente y quieta, absorbiendo lentamente todo ese calor. Pero en su mano fue aumentando lentamente el prisionero y en lo que se tarda en dar un suspiro, ella se encontró entre sus dedos un cañón de imponente calibre, preparado y cargado para lo que se terciara. Correspondiendo a las heladas, pero a la vez ardientes provocaciones de su amada, él le acariciaba las frías piernas transmitiéndole toda sensibilidad mientras escuchaba a Luis, hasta que tiró suavemente de una de ellas para sí y la pasó por encima de las suyas. Ella percibió como las caricias ascendían por el muslo interior mientras, entre sus dedos, mantenía firme el instrumento. La escalada de pasión ocasionó que ella la presionara con más fuerza y notara, durante ese arrebato, claros signos de bombeo. Sin duda, en esos momentos, él ya sufría las consecuencias de tanta excitación, transfiriendo esas sensaciones a través de apasionadas caricias, casi imperceptibles, sobre los muslos de Cris, llegando hasta arriba y encontrándose con la entrada a su centro de pasión, caliente, receptiva, perfectamente definida a través de las mallas. Con las yemas de sus dedos él reseguía lenta y firmemente esa protuberancia que se formaba y ella, con los ojos cerrados y sin soltar el aparato, se tumbó a lo largo del asiento poniendo sus piernas por encima de las de él mientras se dejaba vencer por la pasión. Aprovechando el movimiento provocado por varios baches que llegaron seguidos, Dave pellizcó las mallas por debajo y tiró de ellas descubriendo su ropa interior. Ella abrió los ojos e inmediatamente confirmó que la manta los cubría por completo. De todos modos, la oscuridad era tal que hubiera sido difícil percatarse de la escena. Sólo las luces del tablero de instrumentos del vehículo perfilaban las formas y las caras. Volvió a blandir con firmeza la ardiente vara mientras se reincorporaba levemente para mirar por encima del respaldo del asiento que tenía enfrente. Dave la tenía durísima y ella la notaba mucho más gruesa de lo que recordaba. Mientras, Luis seguía dividido entre la concentración requerida para conducir por ese oscuro camino y los detalles de empresa que relataba para un público poco atento.

–No sé si tendría que plantearme cerrar uno de los talleres y concentrar mejor la producción, ¿qué te parece? –preguntó Luis a Dave.

–Yo creo que –respondió Dave– deberías analizar bien los costes por centros de producción –mientras hablaba, iba bajando las mallas de Cris hasta que, una vez en los tobillos, se las quitó del todo y las dejó caer al suelo mientras añadía a su conversación con Luis– ya que siempre llevaste las cuentas de estar por casa. –En una inflexión de voz, se hizo con la ropa interior de Cris y tiró de ella con fuerza, descubriendo sus nalgas bajo la manta y haciéndola sentir por unos instantes desnuda, a la vez que continuaba hablando–: una vez analizado en detalle, decides si cierras talleres y cuáles –terminando la exposición.

–¿Se ha dormido? –Preguntó Luis refiriéndose a Cris.

–Sí, estaba agotada –respondió Dave.

Luis de nuevo se enzarzó en su monólogo, mientras que Dave seguía desnudando a Cris bajo la manta. Su ropa interior ya se encontraba a la altura de las rodillas y en la mente de ella, sólo aparecían rosas, ángeles y música de arpas. Mantenía firme entre sus dedos aquello tan grueso y caliente que imaginaba entrando lentamente en ella, traspasándola y clavándose en lo más profundo de su ser. Rogaba para que terminara rápido ese calvario, rogaba para que le arrancara de una vez todas sus ropas, quería yacer desnuda bajo la manta. Como la niebla que se dispersa de pronto, sus pensamientos cedieron a la percepción, a los sentidos, cuando notó cómo, por fin, su ropa íntima abandonaba sus tobillos y perdía definitivamente contacto con ella. Se sentía liberada y excitada como nunca. Sus piernas, ingrávidas, parecían imitar la apertura de los pétalos de una flor ante los primeros rayos del alba y la mano de Dave, pura suavidad, avanzaba, también ingrávida, resbalando lenta, silente, pausada, desde las curvas de sus rodillas dobladas. Cuando sus dedos tomaron contacto levemente con su rasurado sexo, un arrollo de sensaciones, un hiriente colmenar, golpeó con violencia en su frente. La magnitud de lo que sentía la hacía levitar. Deseaba como nunca ser tomada, ser poseída, ser penetrada. El calor, la pasión, el instante, la consumían. El calor se mostraba agobiante. Si apartaba la manta, podía ser descubierta, así que, como alternativa al exhibicionismo, solo le quedaba deshacerse del resto de sus prendas. Soltó el miembro prisionero de Dave y lo más rápido que su postura le permitió, se quitó la sudadera y desabrochando el sujetador, lo pasó sobre su cabeza junto con la camiseta, liberándose definitivamente de cualquier opresión. Debido a la oscuridad, no veía con detalle la expresión que podía mostrar Dave, pero por la sombras de su rostro, intuía su sorpresa. Su mano, de nuevo, buscó refugio y en la primera oportunidad, volvió a asir firmemente esa suerte de consolador, con el que, valiéndose como férreo punto de apoyo, tiró de él para acercarse lo más posible a ese fantástico obelisco. La vaporosa actividad la llevó a girar su cuerpo, apuntando con las rodillas hacia los asientos delanteros para subir sus nalgas sobre las piernas de Dave. Él le facilitó la operación ayudándola como pudo. ¡La intención de Cris era clara!, pretendía engullir en su cáliz de pasión esa virilidad que agarraba con su puño.

–Parece que, mientras estábamos ahí arriba, nevó con intensidad por aquí –comentó Luis–. Ya llegamos a la carretera nacional y de ahí, directos a Bilbao.

–Se me ha hecho muy corto el trayecto –dijo Dave para darle conversación a Luis y seguir sus pasiones con Cris sin que el otro se percatara. Cris se desesperaba en posturas para lograr sus propósitos sin despertar recelos en el conductor. Tenía claro que no podía incorporarse y así tumbada, se saldaba como inviable su empresa. Resignada, sólo pudo acariciar con el glande sus nalgas hasta el límite de rozar con él, levemente, sus húmedos genitales embebidos de pasión.

–Por fin un poco de luz –dijo Luis–. Tal vez es la edad, pero cada vez me gusta menos conducir de noche con poca visibilidad, ¡me agota!

Las farolas indicaban la aproximación a zonas más transitadas y por tanto, el final de la diversión. La conciencia llegó de nuevo y tomó el control. Ahora ella no se sentía desnuda, sino desvestida, vulnerable, indefensa y debía volver a vestirse con premura antes de llegar a destino, así que buscó sus ropas mientras era ayudada por Dave. Él sólo tuvo que abrocharse el pantalón.

–¿Ya despertó? –preguntó ingenuamente Luis al oír movimiento detrás.

–Cariño, despierta que no falta mucho para llegar –disimulaba Dave mientras ella, ya vestida, terminaba de abrochar el sujetador.

–Hola amor. Qué bien he dormido. –Cris se sentía orgullosa de su teatro magistral. Descendía del techo del mundo sin haber despertado a los dioses. Lo hubiera repetido mil veces si se presentara de nuevo la misma oportunidad.

Llegados a Bilbao y habiéndose despedido de Luis, a Cris le asaltaba esa filosofía que intenta adueñarse de su centro de operaciones, de su conciencia. Intentaba darle crédito a lo que, en cierto modo, tachaba de injustificable. Al menos, hasta el momento de conocer a Dave, así lo habría sentido.

–¿Crees que en algún momento se nos puede llegar a tratar de inconscientes? –Preguntó ella.

–Creo que en algún momento se nos puede llegar a tratar de temerarios –respondió Dave–. De inconscientes no, porque rara es la ocasión en que lo que sentimos no juega en el mismo marco que lo que deseamos y decidimos por propia voluntad.

Cris quedó pensativa en ese análisis de pura razón. Una vez negociada y dulcificada la fidelidad con ella misma, se atrevía a ser, osaba interpretar, actuar y gozar. Esa nueva cartografía le permitía navegar por su mapa vital. Mirara a Flandes o mirara a Roma, la señal que recibía era siempre la misma: –lo que debería haber hecho, era precisamente lo que había hecho–. La libertad de la impenitencia aumentaba, por primera vez, su energía y su decisión, sintiéndose auto afirmada y mostrándose más completa que nunca, más fuerte, más ella misma.

Cap. XV – DESPACHO EN BARCELONA

Pasaron cuatro días y la comitiva se trasladó a Barcelona, donde, a los dos días, Cris y la abuela despegaban de regreso a Argentina. Las acompañaban la tía Adela, tío Franc y su hijo Franc Junior, de 20 años de edad. Hacía años que no pisaban la ciudad y aprovecharon la ocasión para visitarla de nuevo. Dave, pasaba esos días en Barcelona, su lugar de residencia habitual.

–Ya hemos llegado –dijo Cris, jovial, desde el otro lado del teléfono.

–Pensaba que llegabas más tarde. ¿Ya estáis en el hotel? –preguntó Dave.

–Sí. Y voy a por ti.

–Tendrá que ser un poco más tarde porque tengo una visita en media hora –explicó él–. Es una reunión importante que no puedo desatender. No se alargará mucho, lo prometo.

–Cris respondió ligera: –mira, la otra noche me dejaste insatisfecha y tengo muchas ganas de ti. Ya estaba de camino, así que te doy un beso y luego te espero hasta que termines, ¿qué me dices?

–Vale, ya sabes la dirección. Cuando llegues, pregunta en recepción por mí.

A los diez minutos escasos, un secretario anunciaba la visita de una mujer.

–¡Wow!, qué velocidad. ¿Dónde está ese hotel? –preguntó Dave.

Cris se mostraba complacida con la sorpresa. –¿Viste lo rápida que soy? A solo dos calles de aquí –respondió mientras reía. Cuando se cerró la puerta tras ella, se lanzó a los brazos de Dave y le mordió con ternura en la mejilla.

–Veo que no os dieron de comer en el avión –bromeó él, tras lo cual agarró el culo de Cris con sus manos y presionó ligeramente mientras la besaba con esa ternura y suavidad que altera a la brisa y premia a la calma.

Sonó un timbre y Dave pidió permiso para responder. Su despacho no era muy grande, tal vez de unos 15 metros cuadrados. Destacaba el edificio antiguo con vigas centenarias de madera en los techos, el ventanal limitado por un reducido balcón y el escritorio moderno sobre una suave alfombra beige. El suelo laminado de madera oscura le aportaba a la estancia esa esencia de responsabilidad y perdurabilidad de los grandes valores que debe demostrar quien se dedica al dinero y las tres sillas frente al escritorio, transmitían hospitalidad.

–Llegó la visita que esperabas –informó el secretario.

–Diles que en dos minutos los atiendo por favor –respondió Dave y seguidamente informó a Cris–: es la reunión que te dije. Debes irte. No tardaré mucho, así que, si quieres esperarme en el bar de abajo o sino, te llamo cuando termine.

–Estaba pensando en recordar mi época de secretaria de dirección y volver a hacerlo para ti, –su mirada sensual y su sonrisa irradiaban sus más íntimos encantos– así, luego te redacto el acta de la reunión, ¿qué te parece? –propuso Cris.

La propuesta mantuvo a Dave por unos segundos en claro equilibrio sobre ese fino cable de funambulismo. Tras su expresión seria y pensativa podían verse afanadas sus neuronas valorando nueva información, urdiendo posibilidades y cada una de las posibles consecuencias. La observaba con atención. Cris vestía pantalón negro, camisa blanca, zapatos negros con ligero tacón y traía un abrigo gris, parecía ir vestida para la ocasión. Cuando por fin su expresión cambió, su sonrisa demostró haber valorado de forma positiva la propuesta.

–No se si será una buena idea, pero si prometes guardar silencio, te presentaré, tal y como me propusiste, como mi secretaria y haces ver que tomas notas en la libreta –señalando un bloc de notas que había sobre el escritorio. –Así conocerás de primera mano a lo que me dedico.

Ella asintió y tras realizar un rápido y detallado análisis de su entorno, se sentó en una de las sillas junto al escritorio. Estaba contenta de la confianza demostrada por él hasta el punto de compartir asuntos importantes de su trabajo. En su anterior matrimonio, el celo que su marido guardaba en cuanto a su profesión, la mantenía alejada de él. Él salió del despacho para recibir la visita, dejándola unos momentos sola. Cris se hizo con la libreta y se levantó para buscar en un bote lleno de bolígrafos algo con lo que escribir, con tan mala fortuna que le resbaló de las manos, cayendo sobre el perfil de la mesa y yendo a parar detrás del escritorio, dispersándose sobre la alfombra su contenido, incluyendo toda una suerte de clips de varios tipos y colores. Al agacharse para recogerlo, se apoyó en una bandeja y lamentablemente, también se precipitó, añadiendo decenas de papeles al desastre. No podía creerlo, nunca había sido tan torpe y desmañada, sin duda fue la acumulación de nervios y sucesos. Para cuando Dave llegó, ella se encontraba bajo la mesa afanándose en recoger todo el desaguisado y pensando para sus adentros –"Tierra, trágame"–. El ridículo que sentía en esos instantes sólo le permitía pensar en recogerlo todo lo antes posible.

–Adelante señores, tomen asiento –oía que decía Dave.

A través de un estrecho perfil junto a una pata del escritorio podía ver lo que ocurría en la sala sin ser descubierta. Creía que ya era demasiado tarde para salir, los nervios la habían paralizado. Veía a dos hombres de unos cincuenta años trajeados, pertrechados con un maletín marrón uno y con una carpeta negra el otro. Parecían europeos y cuando los oyó hablar, se hizo evidente que eran españoles.

–Esperemos un momento a mi secretaria que habrá salido a buscar algo y empezamos enseguida –añadió Dave.

Si antes era complicado explicarlo, ahora sí que era imposible salir de su refugio. Con tantos años de práctica en protocolo, ejercidos en varios empresas, no prescribía como buena receta el aparecer ahora y de esa forma en la reunión. Su cabeza humeaba buscando una solución o excusa digna, pero no la hallaba de ningún modo y los minutos pasaban que parecían horas.

–Es extraño –dijo Dave–. Empezaremos sin ella –y pasó al otro lado del escritorio para tomar posición en su silla.

Ella, con tal de observar a través del perfil de la mesa, había entrado casi hasta el fondo del escritorio y hasta que Dave no estuvo sentado, no pudo verla allí agachada. La primera reacción que tuvo fue la de singular sorpresa, arqueando las cejas hasta casi ocultar su frente. Ella, con cara de circunstancias, señalaba papeles y accesorios que aún quedaban por el suelo y mostraba en su puño un manojo de bolígrafos intentando explicar con signos lo inexplicable. Él pareció entender la situación y tras morderse el labio inferior mientras sonreía, se incorporó para avanzar la silla hacia el escritorio y tomar cómoda posición para iniciar la reunión.

–Me comentaron que en una hora tenían otra reunión –empezó Dave–, así que no quiero entretenerlos mucho. ¿Qué les parece si me exponen con detalle la situación y vemos cómo podemos tratarlo?

Aquellos hombres empezaron a hablar de extraños negocios relacionados con las energías renovables. Tras la puesta en escena, se fueron pasando de uno al otro el testigo. Dave agrupó los lapiceros que habían quedado sobre el escritorio y jugaba con uno de ellos pasándolo por entre los dedos. No intervenía en la ponencia, sólo escuchaba, así que no daba la sensación de estar demasiado interesado en la conversación y debajo del escritorio, el aburrimiento se apoderaba peligrosamente de Cris. Contemplaba frente a ella esas piernas y recordaba cuantas veces había tenido esas delirantes fantasías erótico administrativas. Se reía para sus adentros de la situación y se preguntaba si esto no sería otra encerrona más de su cómico destino. Desde que conoció a Dave, las situaciones más inverosímiles se sucedían sin parar y ahora, la atenazaba el incómodo hastío. Se sentía como cuando te embriagas con el paseo tras horas de lento caminar frente a escaparates de comercios que no te interesan, momento en el que el tedio invita a que acudan a ti los pensamientos más disparatados, a patear bolsas y papeles, a perseguir y caminar sobre los dibujos de las baldosas, a jugar inclinando la cabeza de lado, a mirar a lo alto de los edificios o tararear la pegadiza canción del verano. En este caso, lo que tenía más a mano eran los pies de Dave y esos zapatos relucientes la incitaron a jugar con sus cordones, hasta que los lazos fueron desatados. Tras una breve pausa, su mente se aceleró y pasó a acariciar sus tobillos. La reacción fue la de que él apartara los pies echándolos hacia atrás. Dave estaba perdido, no sabía lo que acababa de provocar con esa reacción natural. Había encendido la mecha de Cris. Sus manos cayeron directamente sobre sus rodillas y se deslizaron lentamente por el muslo interior. Él cerró las piernas y las mantuvo apretadas para evitar su avance. Se había iniciado la guerra. Su temperamento competitivo la secuestró de inmediato. Para ella había pasado a ser un reto. Sus manos se instaron sobre esos muslos provocando que él le agarrara con fuerza una mano, intentando hacerle entender que no era el lugar adecuado para eso. Ella, con la otra mano, ya manipulaba la cremallera del pantalón, demostrando como otras veces una gran habilidad.

–¿Creen que el proyecto se va a poder presentar tal y cómo hablamos el otro día? –preguntó Dave.

Dave intentaba disimular mostrando interés en la exposición que ambos hombres representaban, pero la batalla que se libraba bajo la mesa era demasiado intensa, así que, para evitar males mayores, se dejó vencer. Ella abrió el botón y bajó la cremallera para luego, tirar un poco del pantalón hacia abajo y con gran velocidad, introducir su mano por debajo de la ropa interior hasta acariciar su objetivo. Empezaba a notar como crecía, caliente, mientras intentaba meter la otra mano. La postura era muy incómoda, no había sitio para operar. Si lo hubiera habido, ya la tendría en esos momentos en su boca, pero, en este caso, resultaba imposible ni tan solo acercarse, simplemente no había espacio. Con la mano abierta y la palma completamente plana se apoyaba en la parte más baja del escroto y despacio, muy despacio, ascendía aumentando poco a poco la presión hasta notar como, igual que un monorraíl de acero, ese monolítico juguete encarrilaba el ascenso de su desvergonzada mano. Llegando al extremo superior, antes de abandonar el falo, se detenía. Con la palma totalmente abierta y los dedos extendidos iniciaba el repliegue hasta asentar todas y cada una de las falanges, todas y cada una de las cinco yemas sobre el cenit del templado obelisco. Imitaba una vibración mecánica y acto seguido, descendía de vuelta hacia la base mientras acariciaba con sus dedos, a su paso, toda la superficie fálica resiguiendo las sinuosas formas. Aumentaba de forma desproporcionada la excitación que Dave ya empezaba a sufrir, algo que en esta ocasión él no se podía de ningún modo permitir.

–Bueno señores, no quiero entretenerlos más –dijo Dave con voz firme–. Tenemos los detalles y veremos qué se puede plantear. –Inmediatamente miró al teléfono móvil y haciendo ver que tenía una llamada dijo–: discúlpenme un momento, es importante –y se lo puso en la oreja.

–Hola Antonio. Sí, dame esos parámetros, espera que lo apunto –y tomó un lápiz de los que aún habían quedado en la mesa para, sobre un bloc, empezar a garabatear. Ella, desde abajo y temiendo que él aprovechara para escapar, cerró la mano y asió con fuerza el instrumento, momento en el que Dave cerró y apretó los ojos intentando llevar a su mente a otros lugares para evitar la escalada pasional. Respiró hondo y levantando un momento la mirada dijo–: espera un momento Antonio –para dirigirse a ellos– disculpen que no me levante y alargó la mano tras soltar el lápiz para cerrar el saludo de despedida y terminar con–: les llamamos estos días y lo comentamos. Gracias por la visita.

Tras cerrarse la puerta del despacho, dejó el teléfono en la mesa y gracias a las ruedecillas de la silla se empujó de lado todo lo atrás que le permitió la mano de Cris que aún sujetaba con fuerza su miembro, para luego decir sin alterar su sonrisa:

–Ya puedes soltarla, ¡demonio!

Cris no podía dejar de reír mientras retiraba la mano. –Lo siento, lo siento, no pude resistirme. Me encanta tocarte.

–Pero, ¿te imaginas lo que hubiera podido ocurrir si se dan cuenta? –añadió él–. No he podido ni tan solo levantarme para acompañarlos a la puerta, no sé qué habrán pensado de mí, no he resultado demasiado cortés.

–Pero si no te interesó lo más mínimo lo que te contaban –dijo ella burlona.

–¿Y cómo sabes tú eso? ¿Tanto se me notaba? –preguntó Dave.

–Ellos no creo que lo percibieran –dijo ella–, pero yo sí te lo noté. Te siento sobre todo cuando te toco y me transmites, a través de tu miembro, todos esos pensamientos. Hoy tenías allí abajo tu mente –bromeaba mientras se reía desaforadamente.

–Serás boba... –dijo Dave–. Claro que tenía allí abajo mi mente, pero no por elección propia, traidora.

–Claro que fue por 'erección' propia, la 'erección' era sólo tuya –bromeó ella con el juego de palabras.

–No puedo fiarme de ti –decía él entre risas–. ¿Qué hacías allí debajo?

–Se me cayó el lapicero y al ir a recogerlo le siguieron todos esos papeles –se explicaba Cris mirándolo como si jamás hubiera roto un plato–. Te prometo que es la primera vez que me ocurre algo así.

–Tuviste la suerte de que ese escritorio no fuera abierto por debajo –añadió él–. Desde luego, tienes el don de la oportunidad –argumentaba mientras se arreglaba el pantalón.

–¿Tú crees que se le puede llamar así? –preguntó ella.

–Claro que sí –respondió él–. El don de la oportunidad significa, primero reconocer esa oportunidad en el preciso instante en el que aparece y luego decidirse a aprovecharla. Y para aprovecharlo, es necesario tener la capacidad o educación suficiente y necesaria en esa línea de acontecimientos que te permitirá darte cuenta que, aquello que está sucediendo, es precisamente una oportunidad que puedes aprovechar.

–Vaya, con esta explicación no sé si me estás tratando de golfa o de cultivada erudita –dijo ella.

Dave rio por la respuesta y añadió: –el decidirse a aprovechar esa oportunidad, es sólo cuestión de voluntad, de aplicar la energía para realizarlo. La particular pasión bajo la que tú te gobiernas, te otorga ese don de la oportunidad. Otro no tendría tantas ocasiones como las que te suceden sólo a ti o las que nos suceden a ambos, ¿no te das cuenta?

–Cuando te pones tan profundo, te comería como una galleta, mmm... –siguió bromeando Cris.

Siempre había oído de aquellas historias fantasiosas que algunos transforman en realidad, aquellos actos irresponsables, libidinosos, puramente carnales con los que, los más osados, presumían y ante los que ella sonreía con aire de superioridad, un poco con envidia. Ahora era ella la que se regodeaba en esa efervescencia tan loca como pura. Por fin decidía quitarse las gafas para contemplar lo que siempre estuvo delante y nunca pudo ver.

Tras la divertida experiencia decidieron ir a comer a un restaurante frente a la playa. Un taxi los acercó hasta la Vila Olímpica para allí, darles camino a los pies por unos diez minutos y así determinar qué oferta gastronómica les apetecería.

–Esta ciudad tiene un encanto que no termino de identificar –dijo Cris– y te hace sentir muy a gusto. Es como si se respirara muy buena energía.

–Creo conocer el motivo –dijo Dave.

–Uno de los motivos sin duda debes de ser tú –añadió Cris seria y con toda la solemnidad de una arengada en pleno parlamento.

Dave sonrió: –voy a pensar que esa adulación se debe a algún interés oculto.

–Ya no es tan oculto –dijo ella mirando con ironía hacia el paquete de Dave.

Tras sonreír dijo: –volviendo al tema, la ciudad está considerada una de las mejores ciudades del mundo para vivir y creo que se debe sencillamente a sus calles arboladas. Si te fijas, con excepción de las estrechas calles como por ejemplo las del casco antiguo, prácticamente no hay calle en la ciudad que no respire del verde de sus árboles. Ocultar así el gris de los edificios es algo que granjea el espíritu, ¿no te parece?

–Pues no me había fijado –respondió Cris–, pero ahora que lo dices, tal vez tengas razón y esa sea la razón más evidente una vez la conoces.

–Creo que le debemos mucho a esos trabajadores que se ocupan de la naturaleza que convive con nosotros en la ciudad –terminó Dave.

Después de esa coherente explicación, Cris veía con ojos muy distintos calles, edificios, parques y sobre todo, la vitalidad transmitida por la grandiosidad del arbolado, de sus colores, las formas de sus troncos y de sus hojas, los contrastes en relación al mobiliario urbano, incluso al propio movimiento de la ciudad, a los vehículos, a los peatones y a la sinergia con la multitud de pájaros que cohabitan en ese gran escenario. Todo parecía nuevo a raíz de un simple y único comentario. ¿Tal vez la génesis de esa transformación bebía de la fuente de su actual sensibilidad? La simpleza que catalizó dicha transformación hizo que Cris se percatara de la fragilidad en la que el ser humano se supedita a la natura, a la fuente de su esencia y la necesidad que de ella tiene.

–No podré pasar todo el día contigo –comentó Cris–. He venido con la familia, así que esta noche me toca cenar con ellos y mañana hacer turismo y preparar las cosas para tomar el vuelo que sale pasado mañana muy temprano.

–Entonces tendremos que aprovechar el escaso tiempo que podamos compartir juntos –respondió comprensivo él.

Cris se sentía viviendo en una nueva identidad totalmente desconocida para ella. Sentía ser varias personas en una: la Cris rebelde, la controvertida, la pausada, la decente, la golfa, la simpática, la pasional, la temeraria y la cordial. Y cada vez que pensaba, aparecían más y más tipos de ella misma. Esos pensamientos la consumían y temía obsesionarse a veces en ellos. En su diálogo interior, se decía: –si esto se llegara a saber, qué seríamos sino locos en los que no se debe confiar– y luego añadía su propia ciencia para justificarse: –sin duda, el ser humano tiene multitud de personalidades que componen la unidad. Descomponer estas numerosas figuras, significa ser tachado de loco, de esquizofrénico–. El qué dirán o qué pensarán los demás, era lo que más la aterraba y así, su razonamiento se ampliaba: –la amalgama de matices entrelazados en la personalidad, confiere esa tibieza y tranquilidad única que prefiere la ciencia. La ciencia sabe que ninguna multiplicidad o conjunto de yoes es gobernable y dirigible si no es en una sola dirección, en un único orden o agrupamiento. Además, la ciencia no se cuestiona que todas y cada una de tales agrupaciones son capaces de expresar un orden y dirección distinta–. Esto era, precisamente, lo que a ella le ocurría y mediante una razonada conclusión, lograba de algún modo definirse y así entender todo este cambio de personalidad que experimentaba: –prescindiendo de la ciencia, eso representa la rica pluralidad, la magnífica diversidad humana–. Ella, se sentía distinta, era distinta, no era un demonio ni un ángel, era un cúmulo de infinitas polaridades, simplemente era ella y así se aceptaba.

Cap. XVI – EL PROBADOR

El día se levantaba fresco y luminoso. La temperatura era baja, pero el sol abrazaba con fuerza e invitaba a disfrutar del paseo. El día anterior, por la tarde, Cris había tenido que estar con la familia y la compañía con Dave le había sabido a poco. Coincidir, iba a ser complicado, aunque no desestimaba la posibilidad. Dificultades mayores habían sido superadas en peores circunstancias y grandes batallas se ganaron en las condiciones más adversas y desmejoradas. La improvisación, algo con lo que nunca había comulgado, tomaba cada vez más importancia en su vida.

–Hola bonita, ¿cómo se te presenta el día? –preguntó Dave por teléfono.

–Hemos estado en la Sagrada Familia. ¡Qué construcción más increíble! –exclamó emocionada ella–, no me lo esperaba. Me he dado cuenta de que, cuando estuve anteriormente en la ciudad, nunca hice turismo y ahora la estoy re–descubriendo.

–Yo vivo aquí y seguro que hay lugares emblemáticos para los turistas que yo jamás visité –dijo Dave–. Así que, incluso tú podrías mostrarme lugares que me sorprendieran. ¿Qué haréis ahora?

–Ahora queríamos ir por el centro a visitar el casco antiguo, la catedral y las Ramblas. De paso aprovecharé a mirar algo de ropa que quiero comprar. Me hubiera gustado ir a la zona del puerto, la Barceloneta, el Maremágnum y Montjuïc, pero no va a dar tiempo para todo.

–Sí, tenéis poco tiempo –dijo él–. Si vas a las Ramblas, aprovecha a entrar al Mercado de la Boquería, un mercado de calidad y vistosidad única. Cuando lleguéis al final de las

Ramblas os encontrareis con el Maremágnum y el puerto. Continuando, llegareis sin daros cuenta a la Barceloneta, la playa y el Puerto Olímpico. Todo ese recorrido sí podréis hacerlo hoy. Supongo que, yendo con tu familia, va a ser complicado vernos. ¿No puedes escaparte, aunque sea una hora? –preguntó Dave.

–Me temo que no –respondió ella–. Aunque si quieres te envío un mensaje al teléfono cuando esté por la zona comercial e intentamos coincidir y nos escondemos unos minutos. No quiero que me vean, no lo entenderían y no quiero estropear mi buen nombre con la familia.

–Vale –dijo él–. Tengo muchas ganas de verte y abrazarte. Si os vais mañana, ya no nos veremos. Se me hace duro tenerte aquí y saber que te vas lejos desconociendo cuando volveré a verte. Te siento como parte de mí –concluyó él.

El bullicio de Barcelona no se detiene en todo el año. El turismo es constante y bombea humanidad con la misma regularidad con la que la sangre visita el corazón y camina por venas y arterias para inhalar vida. Desembarcando en Paseo de Gracia, se dejaban arrastrar por el torrente de personas que absorbían las tiendas que flanqueaban a la murga.

–Estamos a la altura de la calle Provenza, bajando por la acera de la izquierda –informó Cris a Dave por teléfono–. Si te apetece, nos vemos un momento, voy a mirar algo que comprar.

–Vale, te busco. En media hora estaré por ahí –confirmó Dave.

Sin menospreciar Milán, Florencia o París, la moda, no solo por sus precios, destacaba especialmente en Barcelona, algo que ratificaba ampliamente el turismo y su capacidad de consumo, enfatizado en la oferta de los comercios de la ciudad. Cris cargaba con varios pantalones, camisetas y algún jersey. Tía Adela buscaba una camisa y un pantalón, mientras Franc senior y Franc junior entretenían a la abuelita que danzaba por la pista comercial, ágil y contenta, mezclada con la juventud.

–¿Puedo ayudarla?

–¡Qué susto! –exclamó Cris–. Qué rápido me has encontrado.

–Es la primera tienda en la que entro, parece que llevo el radar conectado –se reía Dave–. Veo que ya vas muy cargada de ropa, ¿todo eso te vas a quedar?

–Disimula, que están por aquí, no quiero que nos vean –avisó ella–. Tengo que ir al probador, aún no sé qué me voy a quedar.

En ese momento apareció tía Adela, también cargada con varias prendas. En cuanto Cris la vio, se puso a trastear con unos pantalones que había en una estantería mientras advertía a Dave que debía disimular.

–Voy a probarme esto, ¿te vienes? –preguntó Adela a su sobrina.

–Sí, vamos –respondió Cris. En cuanto Adela se encaminó hacia el probador, Cris la siguió y girándose disimuladamente, le dijo a Dave que no se fuera muy lejos, que regresaba enseguida.

La línea de probadores parecía una línea de producción de una fábrica. A derecha e izquierda se alineaban cortinas negras henchidas y ondulantes absorbiendo y escupiendo personas sin parar. Una adolescente uniformada que controlaba la entrada, contó las piezas de ropa que traía cada una y les entregó un gran plástico numerado, de color amarillo para Adela y verde para Cris. Le vino a la mente una de esas escenas en las que el protagonista entrega sus objetos personales a cambio de un recibo antes de entrar a su celda. Al menos aquí no se le exigía vestir con un traje a rayas, un número de serie en la frente y una pesada bala de cañón encadenada al tobillo. Adela entró en el primer probador libre que encontró, casi junto a la entrada. Cris, guiándose por su deseo de intimidad, fue empujada a explorar el fondo de la galería y allí, en el último probador, decidió instalar su campamento base y colgar en la ristra de colgadores la colección de prendas que transportaba. Había un pequeño banco esquinero anclado en la pared y un gran espejo vertical que abarcaba toda la pared del fondo.

–Empezaré con este pantalón negro para combinarlo con las camisetas –pensó para sí y sin sentarse, tras colgar el bolso y todas las cosas que llevaba, aflojó sus zapatos y se los quitó. El suelo de tarima de madera estaba limpio y el confort que proporcionaba una temperatura más bien templada bajo los pies, era de agradecer. Pensó que aquellos probadores de suelos fríos, desnudos incluso de una simple alfombra, siempre le habían transmitido una falsa sensación de artículos de mala calidad. Mientras desabrochaba su pantalón, imágenes de Dave acudían atropelladas a su mente. Recordaba esa sonrisa y se afanaba en revivir su imagen lo más nítida posible. Bajaba su cremallera imaginando que era él el que hacía deslizar el carro con suavidad. Sus percepciones se habían magnificado y sus movimientos pausados le permitían sentir la exquisitez de cómo se aflojaba y liberaba sin prisas su pantalón. Bajarlo para descubrir sus nalgas, le mostraba lo terrible que era pensar en él en un momento aparentemente tan falto de glamour como ese: ¡estaba metida en una cadena de producción!, no era más que un cubículo donde mesurar y valorar formas y colores sobre sus curvas y su silueta, una especie de control de calidad. ¡Qué fácil resultaba ponerle o quitarle magia al consumo! Mientras contemplaba sus piernas, sus nalgas en el espejo, ascendía el vapor de su erotismo y esa avalancha hormonal desvirtuaba completamente el cometido que debería tener esa estancia. Por fin cayó el pantalón al suelo y fue empujado con los pies hasta una esquina. Volvió a mirarse en el espejo y pensó: –cómo no me dé prisa, me va a dar un subidón–, así que se apresuró a quitarse el estrecho jersey de cuello alto. De nuevo su libido regresó cuando con la prenda, deslizando sobre sus pechos, sintió el roce que el tejido imponía sobre sus senos mientras deslizaba prieto para escapar por arriba hasta que, debido a su tremenda estrechez, se encajó sobre su cara, exigiéndole un esfuerzo extra para tirar. Se preparó inspirando aire y en el momento de re–intentarlo se oyó:

–Qué cuerpecito más increíble.

¡Era Dave! Qué vergüenza. Estaba en ropa interior frente a un gran espejo, sin apenas poder ver nada y con los brazos inmovilizados dentro de la estrechez de esa especie de camisa de fuerza.

–Pero, ¡qué haces aquí! –exclamó Cris–. ¡Qué vergüenza! Mi tía está unas cortinas más allá, nos puede ver, nos puede oír. Por favor, vete.

–Permite que te ayude amor –dijo Dave sin apenas inmutarse. Inmediatamente notó cómo era abrazada sensual, tierna y deliciosamente por detrás, acariciada a dos manos por todo su vientre, por sus costados. Una mano se deslizó sobre sus pechos, mientras la otra se perdió y desapareció. Los besos se posaban sobre su espalda y el aliento cálido se percibía con intensidad contrastada en el frío probador. Un abrazo la hizo despertar.

–¡Dios mío!, ¿qué haces?, ¿te has vuelto loco? –exclamó Cris.

Apenas creía lo que ocurría. Estaba embutida en un jersey con los brazos en alto y apenas viendo algo a través de la trama del tejido. Notaba cómo su cuerpo era abrazado desde atrás por un cuerpo totalmente desnudo, el de Dave, acoplando el largo de su piel caliente a la suya, percibiendo claramente la forma de ese ancho y fuerte pecho recostado en su espalda y especialmente, ese miembro hirviendo demostrando una tremenda erección al presionar entre sus nalgas a través de la fina ropa interior. Esa mano ausente y tan extrañada había regresado de nuevo a su vientre para descender lenta, pero con firmeza, por debajo de su ropa interior, acariciando la suavidad de su vello y prosiguiendo indefectiblemente por la angosta curva interior. La otra mano, acariciaba esos pechos de desmedido erotismo hasta que, en su búsqueda, inició una incursión por debajo del elástico sujetador en dirección al pezón. El abrazo la sometía y ese cúmulo irrefrenable de sensaciones le impedía expresar palabra, le impedía ni tan sólo moverse, le impedía ni tan sólo pensar. Cuando notó el poderoso falo deslizar y acariciar entre sus piernas, presionando en cada movimiento su abultado y sobreexcitado sexo, mientras percibía como un dedo rozaba sigiloso y esquivo la cima de su excitado clítoris, entró en completa pérdida. Ella siempre se definió con firmeza como contraria a cualquier tipo de tríos, pero fue entonces cuando, inesperadamente y por unos instantes, imaginó cómo otro hombre, agachado frente a ella, le bajaba su ropa más íntima y hundía la boca en su sexo, sorbiendo con ansias su punto de máximo erotismo, ese icono rebosante de calor, para liberarla de sus pasiones mientras Dave, por detrás, seguía apresándola en ese delicioso abrazo y sorbiendo su hermosa y alegre juventud.

–Te deseo –dijo Dave en un susurro a través del jersey junto a su oído, alargando en un infinito suspiro la palabra y su sentimiento.

Desabrochar tanta calidez condensada era a lo único que en esos momentos aspiraba. Sus dedos, negociaron con esa fina ropa interior que fue apartada ligeramente, lo suficiente como para que ambos órganos sensoriales, ambos órganos amatorios, entraran en contacto directo, sin intermediarios innecesarios. Parecía que la moneda de fantasía que Cris acabada de lanzar al pozo de los deseos, la obsequiaba con su mayor generosidad. La humedad en ella, provocaba un deslizar tan suave que temía que en cualquiera de las visitas a la que era sometida, en sus movimientos lascivos e imperecederos, pudiera, accidentalmente, penetrar inmensa, caprichosa, deseada, potente, hasta la profundidad de sus entrañas. Ahora estaba segura, jamás había gozado así, era algo sin igual. El goce que sentía la invitaba a envidiarse incluso a ella misma, a esa fortuna que culminaba en su alma en esos precisos e inesperados instantes traspasándola a través de la sensibilidad de su piel.

–¿Cómo va? ¿Necesita ayuda? –El mundo de repente colapsó. Era una de las vendedoras del comercio preguntándole a ella desde el otro lado de la cortina. Había perdido completamente la noción del tiempo. Con el jersey en la cabeza y los brazos inmovilizados sin poder ver ni actuar, la situación era muy comprometida. Temía que la voz le temblara y Dave, lejos de amilanarse con la intromisión, no cedió ni un centímetro de lo conquistado. Sus movimientos deliciosamente suaves, tiernos, rítmicos, sus caricias lánguidas, sus cariñosos besos, todo impasible, mantenía su continuidad.

–Todo bien, no se preocupe, gracias –dijo Cris procurando tensar la voz.

–Tenemos bastante cola y quería saber si tenía algún problema –insistió la chica.

–No gracias. Ahora saldré –respondió Cris, ligera.

Sin duda, esa era la señal, debían terminar esa sesión amatoria, no podían prolongarla más y ambos fueron conscientes de ello. Cuando oyeron alejarse a la intrusa, sin mediar palabra, él se apartó y la ayudó a terminar de quitarse el jersey. Fue entonces cuando pudo ver ese cuerpo atlético desnudo. Y verse a ella, aún en ropa interior y con tanta pasión reprimida.

–Vístete rápido y sal –ordenó ella–. Aún no me he probado nada.

En pocos segundos, Dave estaba preparado y alistado para pasar revista. Le dio un tierno y fugaz beso y le dijo que la llamaría luego, para salir inmediatamente como un vendaval a través del cortinaje que atestiguaba sus desproporcionados desfases.

Cuando estaban juntos, el tiempo emergía cual crisálida, mutaba, se transformaba y convertía simplemente en espacio, aumentando entonces su tamaño. El tiempo parecía menguar y sucederse más rápido, mientras que el espacio crecía y crecía inexplicable e inexorablemente y hasta el más ínfimo lugar, el más diminuto habitáculo compartido con Dave, ya fuera una sobria cabina de fotomatón, las oscuras profundidades de un mantel, los vergonzosos sótanos de un escritorio o un sencillo y austero probador, adquirían una nueva y magnífica dimensión, una mayor perspectiva, un tamaño notorio, excelso, singular.

Cap. XVII – EL AVIÓN

Ya en el avión, la nostalgia se apoderó de Cris. Hacía dos horas que su tía le había preguntado si se sentía bien, alegando que la veía triste. La abuela lo ratificó y ella no pudo más que culpar de su aspecto al cansancio. Esa expresión, teñida de amargor, sólo tenía una explicación: Dave permanecía anclado en cada uno de sus pensamientos y saberse lejos de él por un período de tiempo desconocido, devastaba su interior con consecuencias aún por determinar. Los pasajeros seguían llegando, conquistando posiciones en los compartimentos para los equipajes de mano e instalándose en la estrechez de sus asientos. Era muy temprano y se hacía evidente viendo a los niños más pequeños llorando por falta de descanso. Una mujer muy gruesa llegó con la cara colorada y empapada de sudor. Cargaba con una maleta de mano, dos bolsos y un montón de prendas en sus brazos y sobre sus hombros. Parecía evidente que su esencia era la de acumular. Acumulaba volumen en su interior y también a su alrededor. Era un espectáculo observar cómo rellenaba a presión todos los huecos que encontraba en los compartimentos de equipaje cercanos a ella, parecía estar marcando territorio sin preocuparse de las sensibilidades del resto del pasaje. Cris siempre pensó en el carácter infantil y pueril demostrado por aquellos que presumían de viajar en primera clase, intentando alardear de su elevada posición social o más bien de su elevada estultez. En ellos solía ver reflejada esa desaborida falta de seguridad en sí mismos tal y como se advierte en los que se llenan la boca al hablar y presumir de su coche, de su casa, de su reloj y de sus ropas de marca, pero que desconocen las emotividades y sentimientos que los gobiernan. Comodidades aparte, ese tipo de presunción siempre le había causado risa, pero en este caso, esta mujer sin duda necesitaba como mínimo un par de asientos en primera para sus carnes y para sus bártulos. Por suerte el vuelo era directo, pero las casi trece horas que duraba el viaje iban a ser eternas. La abuela, junto a ella en el asiento de ventanilla, permanecía tranquila y en silencio, algo poco habitual en ella. Por su aspecto, no tardaría mucho en quedarse dormida y efectivamente, antes de que todo el mundo estuviera sentado, la anciana descansaba profundamente en los brazos de Morfeo. En ese momento, sonó el teléfono de Cris.

–Hola bonito. No me esperaba tu llamada tan temprano –dijo contenta.

–Si no te llamo ahora –dijo Dave–, ya no hubiéramos podido hablar en todo el día. No conseguía dormir, pensaba en ti. No me hago aún a la idea de que te alejes de mí.

–A mi me ocurre lo mismo –dijo ella–. Además, siempre que nos vemos es con prisas, nervios y tensión. No es que me disguste, es algo que me ha hecho resucitar, pero necesito algo más, pienso mucho en ti.

–Entonces pensamos y sentimos igual –ratificó él–. He empezado a cuestionar mi vida y desde que te conozco, me doy cuenta de que sin ti me siento apático, me falta algo y me siento solo.

–Tienes razón –dijo Cris–. Tal vez la definición más evidente es usar el término soledad. Deberíamos pensar en ello.

–La distancia ya no da para más –sentenció él.

–Tengo que dejarte –avisó ella–. Vamos a despegar y me piden que apague el teléfono. Hablamos en cuanto llegue. Besitos.

La gente confunde amor con sentimentalismo. No aman ni tan solo a sus cosas más sagradas como es el automóvil que, por romántica que sea la relación, esperan poder cambiarlo lo antes posible por un modelo o marca mejor. La espiritualidad del amor se asienta en una escala de conciencia mayor y la dificultad que existe para definirlo le confiere ese plus de realidad cincelado de misticismo. Ella no temía ni huía del sentimentalismo, pero, por momentos, sentía y sabía que el misticismo se apoderaba de ella. Hacía tiempo que bebía del dulce veneno y ya era tarde para poner ningún remedio. Sabía que lo que se cocinaba allí dentro se llamaba amor.

Todos los amores del pasado se mostraban ahora falsos y difusos. La intensidad que ese sentimiento ahora despertaba, se vestía de tanto glamour, de tan brillante riqueza, que cualquier recuerdo quedaba ofuscado y sometido al viento reinante. ¿Qué sería de una vida sin afectos, sin caricias, sin palabras bonitas, sin olores y sin sabores amables? Los unía un lazo, se extendía un infinito, ahora tangible y veraz, flotaba un secreto.

Superada esa altura a la que sólo llegan los sueños, el aire afuera parecía claro, sereno, limpio, tanto como los rayos que, sin reparo, rompían con fuerza a través de la ventanilla. Cris bajó un panel que detuvo la agresión, la abuela seguía durmiendo. La memoria se desvaneció hasta que el ruido de un carrito la despertó. La confusión en vuelos transatlánticos, supone una pérdida de contacto con la realidad, no sabes si almuerzas o cenas, si duermes o velas la siesta. Por encima de las butacas extendió la vista y efectivamente, se acercaba un hierro con ruedas muy bien custodiado. Tras el ágape y la primera conversación con su abuela, la necesidad de acudir al servicio las asaltó y Cris fue la última en entrar. Siempre había pensado que las historias de erotismo en el servicio de un avión no eran más que meros productos de la desbordada fantasía aportada por clásicas leyendas urbanas. Observaba el reducido espacio y no daba crédito a esa idea. De todos modos, tampoco iba a tener ocasión de comprobarlo. Tras la puerta, el largo pasillo que la separaba de su asiento era bloqueado por un obstáculo insalvable. La mujer gorda avanzaba lenta, solemne e imparable hacia ella. El primer pensamiento que la abordó fue la curiosidad por saber cómo diablos iba a conseguir moverse tanto volumen dentro de un lavabo tan estrecho, aunque luego pensó en algo de mayor transcendencia para ella, ¿cómo diablos iba a poder pasar al otro lado de esa montaña que avanzaba irresoluta?, ¿tal vez sobre ella?, ¿tal vez bajo ella? Pensó que, si existía alguna asociación en defensa de la obesidad, éste era el momento ideal para venir a reclamar sus derechos ante la compañía aérea.

–Lo siento cariño –dijo la mujer–, tendrás que retroceder hasta pasado el servicio porque a mí me costaría un año apartarme para dejarte pasar. –El tono de voz dulce y suave, la expresión tranquila y maternal, los modos y movimientos lentos y bien coordinados, deslumbraron a Cris. La primera sensación que tuvo cuando la vio, incluso la segunda y tercera sensación, todas ellas no se correspondían con el encanto de persona que parecía albergar tan desproporcionado tamaño, prueba evidente de que la energía y el valor de la belleza fluyen más por dentro que por fuera.

–Tiene razón –dijo Cris–, retrocedo yo y usted avanza. La imagen parecía un vals de cómicos hasta que una plaza vacía la invitó a sentarse, liberando el pasillo para dejar pasar a la agradable mujer.

–Gracias bonita –dijo resignada la mujer–. Siempre tengo problemas en los aviones. No están diseñados para mí.

Ya en su asiento, se decidió a ver el programa de vídeo que echaban. Lo cierto era que los recuerdos de Dave le impedían concentrarse más de dos minutos en la trama y su imaginación inició un fantasioso viaje donde los protagonistas volvían a ser ellos, Dave y Cris. Él vestía el uniforme de comandante del vuelo e incluso lucía la gorra en su cabeza. Ese porte majestuoso que confiere el místico poder asociado a cualquier uniforme de gala, mantenía a todo el pasaje femenino en evidente tensión, mientras el adonis recorría el pasillo en dirección inequívoca hacia Cris.

–Señorita, ¿me permitiría invitarla a mi mesa? –preguntó Dave, el apuesto oficial–. No me gustaría que alguien con semejante belleza coma entre el pasaje, lejos de mí. Me sería muy grata su compañía.

Ella caía rendida entre tanta gentileza, entre tanta galantería y ante el detalle que a bien tuvo con ella para elevarla a la máxima aspiración que podía tenerse dentro de un avión.

–Mi querido comandante –se pronunció ella–, será un verdadero placer acompañarlo a su mesa.

Ante la mirada atenta del resto de pasajeros, cruzaron todo el avión hasta llegar al final del pasillo. Se respiraban infinitas envidias sangrantes, intensas, críticas. El comandante Dave abrió la puerta de la cabina de mando e informó a su tripulación de que se retiraba a cenar con su princesa, con su ángel, con la luz del alba que, por su brillo, localizó en su avión. Una escalera conducía directamente hacia el cielo y la música de arpas acompañaba el ascenso, cuando casi al final del tramo, él giró su mirada hacia Cris y con esa bonita sonrisa, mientras abría la puerta le dijo:

–señorita, la invito a mi suite.

El espectáculo era exquisito: palmeras, un cielo azul intenso, un océano fresco e infinito, una gran mesa de caoba llena de frutas y todo tipo de manjares del mar, ese gran spa burbujeante y cogido de su mano, su Dave, todo para ella. Tras retirarle la silla, un trono de madera maciza, la convidó a tomar asiento y rozar su cuerpo la sumergió en ese dulce océano de sentimientos del que no deseara jamás escapar. Su divertida conversación, el copioso almuerzo y el tórrido clima tropical les hicieron desear refrescarse o tal vez acalorarse un poco más en las templadas y rutilantes aguas del spa.

–¿Le apetecería compartir conmigo unos minutos de agradable relax? –ofreció él con esa dulzura desmedida, con esa intensidad en su expresiva mirada.

Él la sublimaba de deseo, le rasgaba las entrañas y su iniciativa la empujó a tomar posición junto a esa gran bañera de burbujas infinitas. Sus ropas cayeron al suelo y quedó expuesta frente a él en mínima ropa interior. Se acercó y mirándole directamente a los ojos guio sus dedos sigilosos, aplicados, hábiles, desabrochando uno por uno esos dorados botones de una chaqueta que se precipitó ruidosa contra el suelo de oscura madera tropical. Allí yacía, presumiendo de esa plétora de galones y de condecoraciones que hacía un momento lucían orgullosas en sus hombros y en su pecho. Los botones de su blanca camisa se abrieron, cediendo a la persuasión de sus gráciles dedos, descubriendo ese torso ancho, flamígero de sensualidad. Ese cinturón, que cedía al manejo de Cris, a su capacidad única para aligerar cualquier tensión, se dejó vencer nimio y carente de ningún orgullo ni provocación. El botón del pantalón y la cremallera se abrieron tan despacio como la firmeza de la voluntad de Cris le infringió, hasta que el pantalón, ancho y ligero, desapareció sobre el suelo. Él acariciaba con sus yemas la longitud de los vaporosos brazos de Cris, estremecidos, el vello erizado y los poros constreñidos bajo tanta sensibilidad. El bóxer, ese motivo de inspiración, la cautivó hasta que la tentó a tirar veloz, decidida, ágil, eliminándolo de su ecuación y dejando expuesta esa magnífica herramienta que de ningún modo iba a desaprovechar. Frente a tamaño aparato y ese calor tropical, se hacía tan necesario como primordial prescindir de su propia ropa interior. El sujetador se precipitó y sus senos destacaron sobre su pecho. Del estricto tanga fue él quien se ocupó y tirando despacio, muy despacio, lo fue bajando al tiempo que subía inconsciente su termostato, que su pletórico erotismo aumentaba y moraba en su humedad. El agua vaporosa los esperaba lanzando mensajes de indulgente erotismo. La sensualidad se había manifestado entre ambos y Dave, alargando su mano, invitaba a cogerla para penetrar hasta las profundidades de la alberca, hasta las profundidades de esa desmedida e irrefrenable pasión que ya se intuía. Ella, hendida en la imagen de ese fatuo obelisco, duro como el tronco de un roble, dudaba entre tomar esa mano tendida o bien hacerse de esa ventura que tan firme mostraba entre muslos de indulgente acero. Con mucho pesar, venció la comedida prudencia. Las aguas los tragaron y el acompasado burbujeo elevó y depositó el tierno cuerpo de Cris sobre las piernas de Dave. Sus ojos reían alegremente, sus labios oían sinceramente, sus oídos veían lo inherente, todo se volvió del revés. Un abrazo amistoso, tierno, sincero y caliente inundó su deseo entre sus muslos, entres sus nalgas y su pasión, para levantar los frenos bajo el esperanzado deseo de que esa ofrenda se hundiera íntegra en su cáliz de placer.

–Señorita, ¿desea tomar algo? –le interrumpió una azafata mientras la descabalgaba de su ensueño.

De nuevo estaba en su asiento, con los cascos puestos y el film en una de sus partes menos interesante. Le habían arruinado su deliciosa fantasía.

El mundo no te exige nada, ni hechos, ni sufrimientos, ni sacrificios, quienes te exigen sólo son las personas. Vivir con arreglo a un elevado modelo implica que, incluso para divertirse, haya quien necesite el permiso de los demás. Despertaba del sueño, se daba cuenta de que la vida no era una epopeya de héroes, honores y orgullos, sino comida en la mesa, una habitación burguesa donde sentirte en tu hogar, música en tu vida, salir con los amigos, ver a la familia y ahora, estar siempre que fuera posible con Dave.

Cap. XVIII – LA COLA DEL RESTAURANTE

Tras unos pocos días en Buenos Aires, Cris regresó a New York. Los días pasaban, pasaban las semanas y no había previsión concreta para otro encuentro con Dave. De nuevo, tras las fiestas, la rutina y el hastío se apoderaban de ella. Durante aquella convivencia con su soledad, Cris desgranaba, degustaba y diseccionaba los instantes inflamados de los cuales gozó y de los que se alimentaría hasta la próxima oportunidad. Se sentía en cierto modo parasitaria de un placer místico al mismo tiempo que se entregaba fielmente a la emocionante gratitud que sentía hacia la voluntad y terquedad demostrada en todo lo que emprendía. De nuevo se sentía a gusto consigo misma.

Pasados casi dos meses desde su última cita el mundo de Cris se aceleró de nuevo y las previsiones de viajes copaban en ciernes su agenda. Para cuando quiso darse cuenta su próxima parada en Europa pasaba a través de Barcelona.

–Adivina a donde me envían esta vez –dijo Cris por teléfono.

–No me digas que a Barcelona –respondió Dave ilusionado.

–Sí, pero solo de pasada –aclaró ella. –Mi vuelo llega allí, pero luego cojo el tren de alta velocidad hasta Madrid y allí me quedo dos días. ¿Crees que podremos vernos?

–Por supuesto. No permitiré que nada me lo impida. No sabes cómo te deseo, tu recuerdo me está enfermando. No poderte abrazar, no poderte tocar, olerte, saborear tu piel, me está resultando una cruel tortura. Necesito de ti, mi niña.

Tres semanas después, el avión tocaba tierra y aunque sólo fuera como punto de enlace en su viaje, de nuevo, Barcelona a sus pies. Las tiendas de la zona libre de impuestos iban desfilando a sus flancos mientras, en su mente, un gran luminoso le recordaba que el retraso que había tenido su vuelo le impedía dilatar su estancia en la ciudad. Como siempre, las prisas. Se preguntaba cuál era la ventaja de comprar en esas tiendas. Alguna vez comparó algún precio y no reparó en ninguna mejora. Por fin su teléfono marcó cobertura y se decidió a llamar de inmediato.

–Hola cariño, ya estoy aquí, acabamos de aterrizar.

–Ya imaginé que se había retrasado tu vuelo –respondió Dave.

–Mi tren sale en breve, espero no perderlo. Sólo llegar a Madrid tengo la reunión donde debo dar la charla y mañana, desde que despierte hasta la tarde, estaré libre. ¿Vendrás a verme a Madrid?, ¿te espero?

–Por supuesto, subiré a verte –confirmó él.

En esta ocasión, Cris compartiría el apartamento turístico que Clara, su compañera de trabajo, había alquilado para las dos. Clara llevaba tres días en la ciudad junto a otros miembros del equipo preparando con detalle la exposición que se iba a realizar para un importante cliente. Cris llegó a tiempo de subirse al tren y las más de tres horas que duró el viaje resultaron sin incidentes. Siendo la ciudad precursora de toda esta odisea iniciada con Dave, Madrid le resultaba un enclave de poderosos recuerdos. Incluso antes de poner los pies en la urbe, esas vivencias se apiñaban en la parrilla de salida como esperando la bajada de bandera para salir zumbando hacia un, no demasiado claro objetivo. Intentaba analizar esa fiebre que recorría su cuerpo, temblaba, se retorcía ensimismada en su marea. Procuraba entender la confusión que llegaba con esa lluvia de estímulos, se esforzaba en dar significado al verbo sentir, a ese verbo con el que tan íntima relación mantenía. Entendía que sólo sentir sensaciones pertenecía a la frivolidad, que elegir sentir sentimientos sin sensaciones es puro ascetismo y sentir a la vez sensaciones y sentimientos, pasaba a definir esa capacidad de amar que ella sentía. Sufría y se sentía airada con sus sentimientos, aunque sabía que uno no debe enfadarse con los sentimientos, son espontáneos.

Su día había resultado agotador y el colchón dio grata recompensa a su malograda persona hasta que el estruendo del despertador se incrustó en su oído, ¡llega Dave! Un salto de la cama y sólo la firmeza del suelo pudo retener esa energía condensada, desconocida aquella mañana en Cris. Se sentía renovada y preparada para desayunarse el mundo. El día había despertado especialmente caluroso y tras ducharse y elegir algo cómodo para un paseo en buena compañía: unas mallas negras, un jersey elástico y una chaqueta ligera, salió disparada por la puerta con la intención de no regresar hasta la tarde, momento en el que le esperaba 'la guerra'. Dave llegaba desde Barcelona en el puente aéreo, un servicio entre ambas ciudades donde, sin reserva previa, puede embarcarse casi cada hora. Regresaría por la tarde, cuando Cris empezara sus reuniones. Era temprano, aunque el aeropuerto bullía envuelto en mil y un encuentros y desencuentros, caras iluminadas en la zona de llegadas y resignadas en la de salidas.

En cada cita, Cris se debatía en aquel doble estado de ánimo, delicioso y agridulce, donde el placer inundaba de gozo la ingente sensibilidad de su ser disponiendo por entero de su voluntad y donde la certeza de la distancia que se avecina corrompía esos instantes de sana felicidad. Sabía que, si se entregaba a ese goce libre, apacible, franco y etéreo, más tarde tendría que luchar contra la vacuidad, la nostalgia, el desazón, la tristeza y el abandono, utilizando como únicos estandartes y logos de árida resistencia, la esperanza y el anhelo. Los buenos instantes, los mágicos momentos, no eran más que una cáscara hueca. Por dentro, no había más que fatalidad, tensión y soledad. Las pruebas que le marcaba el destino se expresaban con esfuerzo y aumentaban su dureza, probando a empequeñecerla. Pero, por más que luego sufriera, deseaba y así lo respiraba, tomar de todo ese dulce que él le regalaba.

La espera se hacía eterna y nada conseguía distraerla por mucho empeño que dispensara en conducirse a otros lares. Siempre regresaba a las vivencias y experiencias relacionadas con Dave. Era ese encuadre inamovible de la fotografía que había monopolizado su universalidad. Observaba en los monitores del aeropuerto y ese vuelo seguía luciendo con las palabras 'En tierra', aunque la ausencia de esa sonrisa anhelada no lo atestiguaba. Por fin se abrió la puerta corredera y apareció su luz, su fe, su persuasión. El pálpito ofuscó completamente la percepción de todo cuanto existía a su alrededor y restó inmóvil hasta tenerlo justo en frente, de pie, inerte, sonriente y vacilante al igual que ella. Miradas largas y tiernas, momentos de estricto silencio y finalmente, medió un abrazo que soslayó esos ánimos. Se dejó caer, se dejó vencer en sus brazos.

–Te he extrañado tanto –dijo Cris.

Sin mediar respuesta, Dave tomó su cara entre sus manos y con la mayor suavidad que se pueda entregar, la confortó con un largo beso que la rindió por completo.

–Mi amor, han pasado varios meses, si pasan muchos más no vamos a reconocernos –bromeó Dave–. Yo también te extrañé mucho.

Tras recuperar la compostura y separarse hasta la distancia necesaria para perderse en sus miradas, él añadió: –¿te parece que vayamos en metro hasta el centro y allí desayunamos? –. A lo que ella asintió sin hablar.

Fue necesario transitar y trasbordar por varias líneas de metro para alcanzar su destino. Dave se proclamaba defensor del transporte público a ultranza, al igual que de la educación en su uso cívico y responsable, algo que cada vez parecía más difícil de conseguir. Le molestaban especialmente esas barreras de mediocridad que se forman en las escaleras y que no permiten avanzar por mucha urgencia que se tenga, donde cualquier irracional pudiera alegar como defensa muda la inexistencia de ojos en el cogote. Mediocridad, lasitud o como se le quiera llamar, también habitual cuando, preparado para salir por la puerta del vagón, en el momento de abrirse, aparece, formando un denso e impracticable muro de hormigón, aquella muchedumbre de zombis con los ojos incendiados unos y ávidos de inspección de los suelos los otros, luchando para entrar los primeros por encima de quien sea sin permitir salir, a costa de morir en el intento. La competitiva bacanal humana desatada en esas insanas, inadecuadas y vulgares costumbres, mantiene tan vivos esos hábitos, que resulta utópico llegar a corregirlos. En ocasiones se desea vociferar algo parecido a 'Por Dios, ¡Dejen salir!', pero al pertenecer a esa minoritaria casta, consciente de civismo, el decoro lo impide. Otra de las fórmulas de crispación ciudadana se origina en el bloqueo de las máquinas dispensadoras de boletos y en el de las máquinas validadoras, cuando aquel zombi recuerda que, entre la selva de sus bártulos, debe encontrar su boleto. Apartarse para dejar pasar a los que lo llevan en la mano representaría una pérdida evidente de los derechos adquiridos implícitamente por el solo hecho de haber llegado antes, obligando con el bloqueo a que, el que espera, deba contemplar esas maravillosas habilidades demostradas en localizar un boleto extraviado o depositado en ese caos evidente. Aún más le desconcertaba desear tomar asiento y contemplar los pies del incívico en el asiento elegido. Parece que el transporte público es el mejor lugar para hacer amigos.

Llegados a la estación de Opera, decidieron caminar hasta la Plaza Mayor, un espacio formidable rodeado de columnas, coronadas por una gran colección de arcos que le aportan al conjunto solemnidad y un glamouroso sabor burgués. El desayuno aligeró los ánimos y rompió con ese hielo que escarcha la espontaneidad después de meses de abstinencia en el genuino contacto personal. Se eliminó esa costra oxidada y se instauró de nuevo la confianza al tacto y a esa naturalidad deseada y definida en este siglo como autenticidad.

–Qué bonita estás –dijo él–. Me gusta mucho como vistes hoy.

–¿Lo dices en serio? –cuestionó Cris mientras reía–. Pero si voy con ropa de sport.

–Te queda muy sexy –añadió él–. Me cuesta controlar mi vista, va por libre, parece que busca cualquier oportunidad para mirarte el trasero y ahora, aquí sentados y con esa vista censurada, me voy a quedar bizco.

–Pero qué bobo que eres –se reía ella.

El paseo discurrió, cogidos de la mano, por el centro de la ciudad hacia la Puerta del Sol, donde el ajetreo del comercio, los transeúntes y los automóviles moldeaban nuevas y distintas experiencias en la pareja. Pasada la Puerta de Alcalá y ya entrando en el parque del Retiro, ambos se fundían en deseo. La natura que se respiraba fresca, dinámica y con ese peculiar olor a tierra después de haber sido removida o de haber recibido una caricia de lluvia, confundía sus sentidos hasta el extremo de hacerles perder toda noción de tiempo. Se sentían en esa libertad que le da alas a los pájaros, patas a los caballos y una colección de aletas a un delfín. Sentían que su naturaleza estaba en comunión con ese entorno, en una sinergia que otra vez los mantenía a ellos dos en una sola entidad, los mantenía en la unidad.

–¿Te apetece alquilar una barca? –preguntó él.

–No, otro baño no, que ya tuvimos una experiencia acuática –se rió ella–. ¿No tienes hambre? ¿has visto la hora que es? –Se les habían hecho las 13:00 horas.

–Podríamos ir al restaurante que hemos visto al entrar al parque, junto a la Puerta de Alcalá, parecía bastante correcto –propuso él.

Cuando llegaron, les hicieron guardar cola fuera en la calle, detrás de cinco parejas y un grupo de cuatro chicas. Al igual que ocurre en las discotecas y en algunas relaciones sentimentales, contra más incomodidades se sufren, mayor es luego el goce y disfrute obtenido. Dave aborrecía esa fórmula de sumisión. Si contrataba un servicio, ya fuera el de entrar a una discoteca o el de comer en un restaurante, la cláusula de servilismo hacia el que cobra por dicho servicio le parecía una práctica denigrante, pero tenían hambre y decidieron aguardar su turno.

–Me pica la espalda, ¿me puedes rascar? –solicitó apremiada Cris.

–¿Por aquí? –preguntó él.

–No, más abajo –instruía ella–, rasca por dentro, me pica mucho, en la zona de la paletilla, un poco más abajo.

Dave se apresuraba a encontrar el punto exacto por debajo de sus ropas, con la precaución de no levantar demasiado las prendas.

–Sí, sí, aquí –seguía instruyendo Cris–. Hazlo con las uñas y ahora, un poquito más abajo.

Él seguía esforzándose en complacer a su chica y poco a poco, guiado por la instructora, descendía por su templada y suave espalda, vertebra por vertebra, centímetro a centímetro. Ella percibía como él se deleitaba en ese masaje mientras miraba a su alrededor cuidándose de miradas indiscretas. Lentamente fue descendiendo hasta encontrarse con el elástico de las mallas.

–Allí no me pica, es más arriba –indicó ella en un susurro mientras giraba la cabeza para mirarlo con esa liviana sonrisa que muestra clara incertidumbre.

La respuesta de Dave fue tan solo acercarse un poco más a su espalda para entregarle un ligero beso en la mejilla, seguido de otro más sensual en la comisura de los labios. Tras esa muestra de ternura ella se sintió más relajada. Superando la barrera de la prenda, avanzaban esas uñas que tan deliciosamente mordían y arañaban la piel para finalmente, por debajo de su ropa interior, percibió sus suaves y redondeadas nalgas. Ella, con los ojos abiertos como platos, observaba en silencio en todas direcciones, quieta, aspirada y petrificada por ese terror a suspirar que la pudiera delatar. Él la abrazó por detrás y esa mano descendió aún más, ahora muchísimo más rápido, hasta percibir como el tanga se separaba completamente de su ser. De repente, sintió como si una descarga de miles de voltios templara todo su cuerpo mientras que, valiéndose de un único y delicioso dedo y bajo pasión disolvente, Dave se condujo descendente con todo arte y sabiduría, hasta hundirse en su zona genital. Para entonces, su humedad había tomado la plaza y ese dedo deslizaba con gracia y completa libertad. El sol brillaba alto, el público abundaba y ella mantenía su atención, exclusivamente, en su órgano de placer. La fila de clientes avanzó y para que no destacara el hueco, ellos también tuvieron que avanzar, lenta, muy lentamente, con esa cara de circunstancias representada con tanta teatralidad, pero sin apenas separarse del abrazo ni tan sólo un milímetro. En cada movimiento, ese dedo se deslizaba con tanta suavidad, tanta maestría, que la hacía suspirar. Terminado el paso, se introducía en parte y casi imperceptiblemente en su interior para salir veloz al iniciar de nuevo el caminar. Sólo quedaban las chicas delante de ellos y Cris empezó a mostrarse apurada. Su excitación era elevada y abrazada por detrás, carecía completamente del control para librarse de la situación. La terapia se alteró y ese dedo, gozoso, maravilloso, empezó a vibrar de forma rítmica y con sufrida frecuencia. La respuesta no se hizo esperar y con un suspiro largo pero apagado, junto con un ligero temblor de piernas, Cris evidenció que la diversión podía concluir. La gracia no pudo achacarse sólo a ese espléndido vibrador, sino que, en buena parte, la responsable fue la comprometida situación. Las chicas entraron y Dave, inmediatamente retiró su mano del interior de Cris.

La comida sirvió para recobrar esas fuerzas consumidas en el fragor del amor. Cris aún tenía una tarde de duro trabajo y debía sentirse enérgica para defender correctamente el producto que iba a presentar.

–¿A qué hora te sale el vuelo mañana? –preguntó Dave.

–Me parece que a las 12:30 horas –respondió ella.

–¿Qué te parece si me quedo esta noche y la pasamos juntos? –preguntó él.

Era la primera vez que uno de los dos proponía pasar una noche juntos. Tal vez el temor a interferir o a coaccionar por parte de ambos había dilatado ese tipo de preguntas. Lo cierto era que, vistas las pautas de todo lo que había ido sucediendo a lo largo de esa relación, no tenía demasiado sentido que no se hubiera planteado antes. Ella se mostraba pensativa barruntando, dilatando la respuesta, hasta que llegó la solución y su sonrisa la delató.

–Me encantaría –respondió Cris–. Aunque no quiero que Clara ni ninguno del equipo sepa que he dormido fuera. Creo que aún no es el momento adecuado, pero si esto sigue así, no tardaré demasiado en hacerte cruzar el telón. Soy muy prudente.

–No te preocupes –dijo él–, supongo que yo pensaba lo mismo y por eso nunca lo planteé. ¿Qué te parece si en vez de irme hoy, nos vemos esta noche y me voy mañana a primera hora?

–Si no llego muy tarde al apartamento me parece una idea genial –dijo Cris–. Podríamos ir a cenar y luego nos retiramos,

–Me parece perfecto –confirmó Dave.

Aunque piensa que tal vez estaré derrotada después del trabajo –añadió ella.

–Tendré piedad contigo –declaró él–. Cuando termines me llamas y nos vamos a cenar.

Cap. XIX – EL METRO

La reunión se prolongó más de lo que Cris esperaba y el calor en la sala la agotó. Para cuando pudo salir, pasaban de las diez de la noche.

–Siento salir tan tarde –dijo ella por teléfono.

–No te preocupes, ya me avisaste de que podría ocurrir. ¿Te da tiempo de salir a cenar? –preguntó él.

–Bueno, tengo hambre y además quiero verte. Necesito verte –precisó Cris.

–Entonces no discutiré –se rió él–. Voy a buscarte y comemos algo por esa zona. Luego podemos coger el metro, que hoy funciona hasta tarde.

La expresión de sorpresa se hizo evidente en la cara de Dave. Era la primera vez que veía a Cris vestida con falda. La imagen de ejecutiva que representaba le pareció de lo más erótico según luego confesó, algo que ella tomó como un cumplido y la hizo sonreír. Temían que a esas horas ya no les dieran de cenar, pero, por suerte, el restaurante no les puso problemas con el horario. Tras la cena, el restaurante se convertía en bar musical, lo que contribuyó a prolongar un poco más la velada.

–Pareces muy cansada –apuntó Dave.

–Es que lo estoy –aclaró ella–. Pasan de las doce de la noche, ¿nos vamos?

Quince minutos más tarde, esperaban el metro sentados en el andén de la estación junto a tres personas más. La quietud se asentaba, inerte, paciente, entre todos ellos. Dave la observaba con esa devoción del que se presume enamorado, mientras Cris, en su goce, correspondía con su mirada, larga, amablemente, imprimiendo en ello todo su sello, hasta que un estruendo truncó el instante y los meditabundos viajeros subieron al vagón. Aquellos tres compañeros de andén, permanecieron sentados charlando, ignorando la maquinaria metálica, mientras Dave y Cris se llevaban con ellos el ruido de motores y hierros. Ambos se sorprendieron al comprobar que la inmensidad del vagón les pertenecía en exclusiva. Estaban completamente solos. La imagen resultaba fantasmagórica y transmitía una sensación de soledad y dejadez ruidosa y estridente. Una vez sentados en uno de los extremos del vagón, esas miradas que Dave obsequiaba se filtraron en el ánima de Cris y tomándola en un tierno abrazo, embebido de pasión, él se hundió en su boca ligera, dulce y frutal. Ella se levantó y sentándose sobre él, tomó entre sus manos su semblante, dejándose llevar por esos besos consentidos, mágicos. El lugar, la situación, la incitaba a ser mala y la pasión la secuestró, apoderándose de su voluntad casi de inmediato. Su mano se posó entre las piernas de Dave, agarró con fuerza aquella demostración de éxtasis duro y libidinoso y bajando la cremallera del pantalón, se introdujo, furtiva, mientras él temblaba conteniendo su calor. Cuando tuvo en su mano aquella protuberancia, la sacó de su refugio para oprimirla fuertemente entre sus dedos mientras lamía con fervor su boca, su lengua, sus labios. Él no pudo más y levantándola ligeramente le subió la falda y la volvió a sentar sobre su viril elemento abrazándola por detrás. Su mano descendió ligera, veloz, con precisión suiza y se coló por debajo de su ropa interior hasta acariciar el excitadísimo botón de arranque sexual en esa yegua desbocada. Con su otra mano, Dave desabrochó los botones superiores de la blanca blusa y tirando del sujetador hacia abajo, liberó ambos senos que se mostraron en un erotismo desmedido. Llegaban a una estación y la máquina reducía velocidad. Ambos permanecían estáticos mirando con atención, sin moverse, casi sin pestañear. El falo se mantenía firme entre las piernas de ella, entre el blanco de esa fina ropa íntima que escondía el placer que retenía para él. No se apreciaba a nadie fuera. El andén se encontraba desierto y el tren se detuvo definitivamente. Nadie entró. Cuando de nuevo arrancó, el frenesí volvió a ocuparse de la situación. Ella procedía con movimientos verticales, provocando que el miembro se deslizara sobre su húmedo paraíso, precipitando a la pareja a perderse en el amor. Las manos de Dave acariciaban con deleite sus senos y el gemir de ambos sucumbía en el azote del vagón. El movimiento era acrecentado por la marcha del tren, en cada curva, en cada aceleración, en cada frenada. Llegaban a otra estación y cada vez se sentían más fuera de sus ropas, con el ánima desnuda, con la esencia traspuesta y extorsionada. Figuras humanas centelleaban a través de puertas y ventanas, ralentizando su frecuencia a medida que aminoraba la expedición del convoy a lo largo de la estación.

–Rápido, hay que vestirse –advirtió Cris–, está lleno de gente y nos van a ver.

Para cuando el tren se detuvo y se abrieron las puertas, se encontraban sentados, recuperando la respiración. Entró la marabunta diluyendo todo rastro de pasión espontánea, reprimida, incuestionada.

–Un día nos van a sorprender –dijo él–. Esto es de locos.

–Un día, nosotros vamos a dejar sorprendidos a alguien –se rio ella.

Parecía que las oportunidades para esos excesos no dejaban de aparecer. ¿Sería cosa del destino o tal vez esas oportunidades se les presentaban continuamente a todo el mundo y eran sólo ellos los que aprendieron a identificarlas? Ante esos pensamientos, Cris sonreía con orgullo como, cuando de niña, conseguía salirse con la suya demostrando a los mayores su inteligencia o sus tempranas habilidades de persuasión. La acera oscura los condujo finalmente hasta el portal del apartamento.

–Aún me tiemblan las piernas –dijo ella–. ¡Qué tensión!

–Claro, hoy has trabajado mucho. –Dave reía irónicamente y preguntó–: ¿Quieres que te acompañe hasta arriba?

–Vale, pero procuremos no hacer ruido –previno Cris.

Su consensuado sigilo sería compensado por el ruido ocasionado por el viejo ascensor. Tras cerrar esos marcos enrejados usados como puertas y pulsado el botón del cuarto piso, la cabina inició su ascenso con sosiego e indolente traqueteo, mientras besos y caricias añadían complicidad al viaje. El cansancio no restó sabor al momento y las manos, las cuatro, recorrían incesantes sus cuerpos. Para cuando el ascensor se detuvo, los senos desnudos de Cris se perdían entre los besos acuosos de Dave mientras, con ambas manos, Cris le demostraba cómo su virilidad lucía sensible incluso ante el mínimo roce que ella le aplicara. De nuevo la pasión tomaba un control que no le pertenecía y de ello se hizo eco un portazo que se oyó y que hizo retumbar el hueco de la escalera. Alguien había entrado al portal e indicaba que debían regresar de inmediato a una mínima sensatez. De repente, el ascensor se puso en marcha y tras presionar varios botones, abriendo la puerta, Dave consiguió detener la cabina para evitar que volviera a ponerse en marcha. Mientras adecentaban su aspecto, cerró la puerta, pulsó de nuevo el botón para alinear la cabina con el piso y así pudieron salir definitivamente al rellano. Por temor a ser descubiertos, el abrazo de despedida fue tan breve como ligero y con tal de evitar encontrarse en el ascensor al inoportuno vecino, Dave bajó rápido por las escaleras. Cris tuvo que esforzarse para oírlo cuando él, en voz tan baja, le dijo: –mañana te llamo antes de tomar mi vuelo–. Y gesticulando desde las sombras de la distancia, se despidió con un beso.

Cap. XX – LA LARGA ESPERA

De nuevo en casa, Cris se sentía como una extraña en su propio hogar, se sentía sola. Era consciente de que la distancia ejercía de ancla que, emocionalmente, acometía la mayor atracción en esta relación. Esa obsesión, ese desmesurado deseo, ese impropio anhelo goloso, procedía de esa separación donde la desesperada avidez por repetir representaba ese claro objetivo que la embarcaba a disolverse de nuevo en su piel, en su fragua, en la esencia del propio Dave. La interminable e insalvable distancia, la infernal espera, ese enlazar de un mes tras otro sin tener claridad de cuándo iban a poder volver a coincidir, se convirtió en una triste película, en un drama que ambos vivían con horror como si de una auténtica pesadilla se tratara. Intentaba distraer su mente, pero, por muchas técnicas y entretenimientos que usara, pocas veces lo lograba. Leía libros, salía con amistades e iba al gimnasio. Se dio cuenta de que, donde menos éxitos cosechaba era con la televisión. Por más canales que buscara, la oferta disponible no tenía ningún aliciente. Como bien definió un gran escritor, nos encontramos en una época folletinesca y con eso se refería a que, las naderías, sin ningún contenido de inspiración, florecen con la misión de entretener a un público carente de ambición, de conocimiento de la verdad, donde lo único que se persigue es imbuirse profundamente en la pócima a la que llamamos realidad. Así, se logra cerrar los ojos y mantenerse en un mundo ilusorio y aparentemente inofensivo, nada más lejos de la verdad, nada más lejos de la realidad, alejados, equivocadamente, de problemas insolubles. La fórmula con la que controlaban a la gente en la antigua Roma era 'Pan y Circo' tal y como se hace en la actualidad donde, para que la persona común sea feliz, sólo hay que darle mucha comida basura y entretenimiento. Y es que la gente, las masas, se alteran cuando se les cuestiona su cómodo paradigma. Así, la mayoría de la gente será feliz mientras tenga cerveza en la nevera y su partido de fútbol. Otros, más evolucionados, se sentirán dichosos con un buen libro entre las manos, cuando alivien las penas del prójimo o albergando y regalando amor y pasión.

–Cariño, últimamente me siento intransigente, inconformista con mi vida –dijo Cris por teléfono–. No me gusta sufrir. Sentirme lejos de ti no me permite sentirme plena y ya son cinco meses desde nuestro último encuentro. Nunca pensé que te llegara a extrañar tanto. Me cuestiono mucho hasta lo más ínfimo e irrelevante, al menos lo que antes era ufano para mí.

Ella se sentía distinta, tal vez más evolucionada y completa, aunque también más tensa e intranquila. Flotaba en su consciencia una sensación de no pertenencia, de confusión, de pérdida y de exclusión. En la felicidad del ignorante, la ignorancia, el hacer caso omiso o mirar hacia el otro lado, mantiene al individuo en un estado artificial de gracia y felicidad. Pero eso también se traduce en volubilidad, en estar desprotegido ante un imprevisto que, en caso de darse y al no ser reconocido, será imposible una reacción eficiente. La felicidad de la ignorancia siempre representa un grave acto de inconsciencia y Cris sentía que había trascendido a un nuevo paradigma que la extraía del grupo objetivo al que, sin darse cuenta, tal vez desde adulta, había pertenecido. Ahora volvía a respirar como una niña, absorbiendo la vida desde una perspectiva enfocada a los pequeños detalles, a lo inconmensurable, donde la tabla de medir se relativizaba sin buscarle fronteras por donde limitar. La vida no sólo se apreciaba con más colores, sino que todos ellos ampliaban sus luces y tonalidades.

–Hace días que quería decirte exactamente lo mismo –respondió Dave–, pero no deseaba ponerte bajo presión. A veces las prisas desembarcan en lagunas a las que no se deseaba llegar, pero en nuestro caso, a pesar de sentir que ambos lo deseamos, nunca me atreví a plantearlo. No sé cómo calificar esta relación, es tan extraña...

El camino del medio o del centro, el maravilloso equilibrio, no es pensamiento racional, ni tampoco es emoción desbordada, sino una mezcla de ambos, la sensibilidad asociada a la intuición, la cuál confundimos tan a menudo con sentimiento y emoción, la agazapada traidora. Se trata de encontrar la razón a la sin razón.

–Tal vez es el cúmulo de sentimientos nuevos lo que nos confunde –indicó Cris.

Cris había temido al juego del amor, que parece tan insaciable, pero que, en cambio, sacia tan rápido. Es parte de las interminables contradicciones, las ambivalencias de la humanidad: para gozar, también hay que sufrir, algo que aporta esa sensibilidad necesaria asociada a la tristeza. Siempre se había conducido por el gran escaparate de la vida tras la huella de lo grande y lo eterno, lo magnífico e incluso excelso, nunca satisfecha sólo con lo bonito y estético. La gramola sin fin que parecía ser el mundo y la vida jamás terminaban y eso le confería la capacidad y la gracia de ser una mujer feliz, llena de alegría y de fe. Pero a medida que el mundo se hacía pequeño, que el mundo la despertaba y la conducía hacia sí misma, cuanto más consciente se hacía de su propia existencia, más se sumía en su miseria, en temor y desesperanza. Su fe se asfixiaba sin aire que respirar. Todo lo que en otro momento le fue afable, hermoso, santo, amado y venerado, todo lo que suponía su maravilloso destino, ahora no podía ayudarla, haciéndola sentir como algo cómico y carente de valor. El contrato firmado con su indolente indiferencia, parecía haber terminado y la frustración, tomaba ese hálito que la oprimía. Necesitaba de él, quería más, mucho más, más y mejor.

–Voy a hacerte una propuesta y necesito sinceridad –dijo Cris–. ¿Qué te parece si pasamos unos días juntos de vacaciones?

–¿Sin reuniones y sin trabajos que realizar? –preguntó él–, ¿sin prisas ni objetivos que cumplir?, ¿sin teléfonos y conferencias que atender?

–Sin nada de todo eso –respondió ella–. Solos tú y yo.

Sin apremios, sin exigencias, con los cinco sentidos conminados sólo en esa dualidad, la propuesta adquiría una perspectiva en la que ambos congregaban sin objeción. Ambos lo habían deseado desde hacía una eternidad, pero ninguno había tomado la iniciativa de pronunciarse al respecto.

–Me encanta la propuesta –confirmó él.

Pasar su primera noche juntos, después de todos los episodios acontecidos, parecía algo trivial, pero ambos sabían de la importancia que esta nueva experiencia significaba para la pareja. Las simplezas, dependiendo del entorno y de las circunstancias que le atañen, pueden revertir un valor incuestionable.

–Estudiamos nuestras agendas y vemos donde lo encuadramos –propuso Dave.

Las emociones como el rencor, la ira, la alegría, el placer, el miedo, la tristeza, la angustia o el deseo, son impulsivas y desaparecen tan rápido como aparecieron, son como una estrella fugaz, son nuestras reacciones inmediatas a los estímulos externos. Un sentimiento se siente de manera más prolongada que una emoción y a este grupo pertenece el odio, la depresión y el enamoramiento. El enamoramiento es un sentimiento, algo muy distinto del amor, donde se tiende a englobar en una sola palabra muchísimos significados. Lógicamente un sentimiento como el enamoramiento, a su vez, luego derramará emociones. Cris se sentía en ese estado sentimental por encima del emocional. Se sentía y sabía enamorada.

Los días pasaron y por fin, ambos pudieron decidir una fecha concreta para llevar a cabo lo tan costosamente negociado. Sería finales de octubre, prácticamente el aniversario de haberse conocido. El lugar, en absoluto consenso, sería una localización ideal para luego recordar. Les acogería el romanticismo de la ciudad de París.

Cap. XXI – ENCUENTRO EN PARÍS

Pasadas las cinco de la tarde, la avenida de los Campos Elíseos configuraba un claro mosaico que, pacíficamente, sometía a la vista y partiendo de esa perspectiva grandiosa, majestuosa, embriagadora por su esplendor, el espíritu se conducía, inconsciente, hacia el pulso de una ciudad que se esculpe seductora a su alrededor. Dave se había adelantado a Cris para reservar y preparar un apartamento turístico que había alquilado para una sola noche. Normalmente la estancia mínima en este tipo de apartamentos es de tres noches, pero había negociado pagar dos noches para poderse quedar tan solo una. Luego tenían planeado salir de la ciudad y pasar unos días de relax en una campiña más en contacto con la naturaleza. Tras unos momentos de gran emotividad al recogerla en el aeropuerto, un taxi los condujo hasta ese lugar donde compartirían su primera noche y amanecerían juntos por primera vez. Desde el apartamento turístico, el campo de visión se perdía en la infinita e inacabable alfombra de césped de los famosos jardines parisinos. Se trataba de un dúplex con un decorado bohemio que lograba ese confort tan envidiado por esas frías y luminosas decoraciones modernas minimalistas. Se ascendían unas pocas escaleras desde la calle y tras una pesada puerta maciza, se accedía al gran salón por otra puerta de notorias dimensiones. El dormitorio se encontraba en el piso superior.

–Dejaré la maleta en el dormitorio –dijo Cris.

–No, espera, la dejaremos aquí y luego la subo –interrumpió veloz Dave–. Antes quiero mostrarte una cosa. –Su mirada se iluminó mientras abría una puerta bajo las escaleras de madera y tras encender la luz del escondite, la invitó a pasar.

–Cuidado con la cabeza –advirtió él.

Unas escaleras de piedra o tal vez de grueso terrazo desgastado, algo difícil de distinguir por la débil luz, invitaban a descender al averno. El olor a hierbas aromáticas mezclado con humedad resultaba tentador, aumentando el calor a medida que ellos descendían. De repente, una sala se abrió ante ellos y el asombro impactó gratamente en Cris. La sorpresa llegaba de la mano de la inverosimilitud, se encontraban en una especie de termas romanas en el subsuelo del edificio. Paredes de piedra, unos arcos en el techo sostenidos por gruesas columnas también de piedra y en vez de suelo, una gran piscina llena de agua con un fondo de mosaico idéntico al del suelo que pisaban. Una ligera niebla que, serena, nacía del agua caliente aportando ese misticismo que intensificaba especialmente los sentidos y el tenue juego de luces entre las columnas y bajo las aguas, invitaba a sumergirse sin apenas cuestionar.

–¡Sorprendente! –exclamó Cris.

Se giró despacio y contemplando a su Adán con mirada quieta, apacible y sincera, supo que había llegado por fin a su Edén. El calor invitaba a exfoliar todas sus ropas. El silencio avanzó lento, ligero, hacia esas miradas dóciles y mansas y Cris, sin soltar la conexión visual, empezó a desabrochar su blusa con toda la sensualidad que durante largo tiempo guardó inerte para él. Dave, mostrándose espejo de Cris, imitó cada uno de los movimientos de su amada desabrochando, sin pestañear, sin ver otro deleite que no fuera la intensa mirada de su chica, cada uno de los botones de su camisa. Sus prendas resbalaron por los hombros, por los brazos, precipitándose sin vida sobre el mosaico. Cris desabrochó el sujetador y su sonrisa alegre, tierna, se instauró en su rostro cuando la prenda cayó. Sus senos tersos, jóvenes, perfectos, causaron un efecto inmediato en el miembro de Dave que modelaba un prominente bulto a través del pantalón que, con su amplio pecho desnudo presidiendo el momento, mantenía en evidente tensión el libido de Cris. Tras los cinturones, cedieron los botones y las prendas deslizaron con algo de ayuda hasta los tobillos. Ambos apartaron a un lado las pilas que se habían formado y restaron unos instantes, acaso unos segundos, observándose en ropa interior. En el rostro de Cris la sonrisa creció hasta mostrarse radiante, tomó aire y en un rápido movimiento, bajó su tanga blanco hasta los tobillos y de una patada lo lanzó junto al resto de sus prendas, esperando una reacción. Dave, con dos naranjas por ojos, demostraba su asombro y el éxtasis que esa dulce visión le provocaba. Ella arqueó las cejas y dirigió su mirada al prominente paquete, esbozando esa media sonrisa que indica travesura. Cuando él comprendió que se le instaba a proceder, entonces reaccionó y lentamente, se desprendió de su ropa interior hasta que asomó un falo de un tamaño y templanza que Cris casi había olvidado. Tras contemplar por unos instantes el conjunto, se dio la vuelta y mostrando ese cuerpo de culto, esa esbelta cintura, esa negra cabellera culminando en un delicioso y perfecto trasero respingón, se introdujo, cauta, en la piscina. Dave la siguió embebido de pasión y cuando la ingravidez los sedujo, ambos se encontraron, primero en esquivas caricias y finalmente en ese anhelado abrazo, en ese hilarante contacto, en un beso tan húmedo como el vapor que les circundaba. Sus labios, sus lenguas, sus almas, redimían su abstinencia. El tiempo no existía, no existió o parecía que no iba ya a existir. El ruido del agua patinado por entre sus desnudos cuerpos y el de los besos, embebidos de saliva que se compartía entre sus bocas, elevaba entre las aguas sus esencias que devotos entregaban.

–Me parece que me ha bajado la tensión con el agua caliente –dijo Cris–. Me siento algo mareada.

–Entonces salgamos –propuso Dave–. Allí hay unos albornoces y unas zapatillas –señalando hacia un pequeño banco de madera en una esquina.

Salió primero ella y su piel brillaba como si se hubiera bañado en aceite, como le ocurre a un claro estanque cuando juega con el fulgor de la luna. Dave contemplaba esa exquisitez que tanto ansiaba poseer. Arropados por el albornoz, él la siguió y juntos subieron las escaleras hasta el salón. Allí se sentaron un largo rato a la mesa y para hacerle subir la tensión, Dave le sirvió un chupito de licor de manzana que había comprado. Parece que el tentempié la reanimó, hasta el punto de abrirle el apetito. Él había comprado fruta y lechuga, así que después de hacer una gran ensalada, dieron cuenta de ella casi de inmediato.

–¿Qué te parece si cuando terminemos no salimos y nos vamos arriba? –propuso ella.

–Bien, mientras terminas te subo la maleta y recojo un poco la habitación –respondió él.

Cris observaba como Dave ascendía las escaleras hasta perderse en las sombras mientras ella se abstraía y viajaba hacia la exploración de los misterios de su propia mente. Sabía que ese no iba a ser el terrible e incorpóreo principio del fin. Ese espíritu liberado y hambriento de experiencias, iniciaba ahora su vuelo ávido de descubrimiento y de capítulos como los vividos desde que la fortuna la llevó hasta Dave. Aunque la relación se asentara, sabía que, cuando surgiera la ocasión, no dejarían de repetirse esos arriesgados y morbosos episodios. Era algo que dependía enteramente de la creatividad que la propia relación les aportaba. Había oído hablar de que la energía que discurre a través del conducto sexual es la misma que la usada para propulsar la creatividad. Por tanto, el impulso sexual se puede canalizar exitosamente hacia la inventiva. Estar enamorado o excitado produce esa inspiración creativa.

Hay muchas personas, especialmente muchos artistas, cuya existencia es muy agitada e infeliz, que viven de forma dolorosa, desgarrada y sin sentido. Dentro de sí, tienen dos almas o naturalezas, hostiles y confusas, existiendo en ellos lo divino y lo demoníaco, el lobo y el cordero, la ventura y el sufrimiento. A veces, se da la situación de que, en sus raros momentos de felicidad, llegan a despuntar en un breve relámpago de gracia y ventura que alcanza y encanta a otros. Así se producen esas obras de arte en las que un hombre atormentado se eleva muy alto, sólo por un instante, ante los demás y sobre su propio destino, como una estrella tan brillante que muchos lo idealizarán como su propio sueño de felicidad.

Se dice que el amor, referido a la pasión, no existe y que la definición de enamoramiento es 'En el amor miento'. Tal vez, haciendo uso de su pensamiento racional, había decidido enamorarse informando de ello, por los canales subconscientes, a su parte emocional y eso terminó por convencerla de una ilusión que dejó de serlo para devenir en reconfortante calor, en estimulante romance, en franca virtud, en brillante luz y en intenso sabor. Sobrevivir sin ese espíritu de júbilo valiéndose de la autosuficiencia, ahora, parecía irrazonable, incuestionable. Dave le creaba esa dependencia que, lejos de oprimirla, degustaba y saboreaba cada vez que tenía ocasión, una dependencia liviana como el aire que respiraba y a la vez tan segura y estable como una pesada roca en el cauce de un nervioso arrollo de turbulentas aguas.

Tras terminar con la ensalada se sintió saciada y ahora, lo que más le apetecía era tumbarse con Dave, abrirse la bata y tomar pleno contacto con él, con esa piel que imaginaba caliente y gozosa.

–Dave, ¿va todo bien?

La pregunta no obtuvo respuesta así que, tras un par de minutos a la expectativa, se decidió a iniciar el ascenso por esas viejas, aunque mudas, escaleras de madera. Usando de esa atención que permite darse cuenta incluso del latido del propio corazón y llegando al repartidor, vio una puerta entreabierta con una acogedora luz amarilla invitándola a entrar.

–Dave, ¿estás ahí? –preguntó otra vez temerosa y expectante.

–Cariño, ven, pasa –oyó esa voz apacible procedente del fondo, de detrás de la luz.

Empujó la puerta hasta abrirla totalmente y avanzó cautelosa, afirmando cada paso que daba como cuando el temor le hace a uno desconfiar de la firmeza del suelo en el que pisa. La amplia habitación mostraba una luz tenue procedente de dos lámparas de pantalla y de una colección de velas estratégicamente colocadas que creaban ese ambiente tan romántico y ceremonial. Una suave música, que desde el otro piso no se percibía, potenciaba esa electricidad que la recorría por dentro, que lixiviaba su temperamento y que aumentaba su temperatura por momentos. Él la esperaba junto a la cabecera de la cama con un gran bol transparente conteniendo algo que ella no terminaba de apreciar, hasta que se acercó lo suficiente como para darse cuenta de que estaba lleno de fresas coronadas con una buena dosis de nata montada. La sonrisa de Dave era excelsa.

–Espero que te gusten las fresas y la nata como postre –dijo él.

–Me gustan, aunque te prefiero a ti si es que se puede elegir –respondió sonriendo y cerrando ligeramente los ojos para otorgar esa expresión de niña mala.

Ella se puso de rodillas a los pies de la cama para luego dejarse caer de lado mirándolo a él. Dave dejó el bol en la mesilla junto al cabezal y se sentó junto a ella al borde de la cama para acariciar su pelo, sus mejillas, su barbilla y la longitud de la piel tisú con la que vestía su largo cuello. Su descenso sosegado y paciente discurría por el entreabierto y blanco albornoz que descubría parte de su piel. Su avance firme y preciso conquistaba esos centímetros que le permitían someter la tentadora abertura de la bata para ceder, muy lentamente, la vibrante intimidad que escondía debajo. Cuando alcanzó y superó su vientre, ella contribuyó a aligerar el trabajo, destapando el resto para mostrar esa escultura de cuerpo que hacía que él perdiera la respiración. Su piel lozana brillaba con la tímida y trémula luz de las velas. Él puso una fresa en sus labios y antes de que ella pudiera morderla, la apartó de su beso y la deslizó lenta, imperturbable, a lo largo del camino ya emprendido por la anterior caricia. Cuando llegó a la altura del pubis, detuvo el avance y allí empezó a jugar deliciosamente, excitándola sin compasión.

–¡Baja más! –ordenaba Cris. No se podía contener. La hacía entrar en efervescencia.

Él sonrió y se reincorporó. Apoyando la fresa de nuevo en sus labios, permitió que ella pasara la lengua, lamiera y finalmente mordiera, seccionando por la mitad ese fresco manjar, maduro, jugoso. El sabor maduro dejaba en su boca un rastro dulce que aumentaba su salivación y la apetencia de llevar algo de más consistencia a su boca. El gran tamaño de la fruta parecía contravenir toda norma y ella, inmersa en una especie de trance, observaba imaginando donde podría ir a parar el resto del suculento postre.

–¿Me la vas a dar? –preguntó Cris exigente.

–¿La quieres toda para ti? –preguntó él sin esperar respuesta–. Este trozo es mío, pero antes de comerlo, quiero aliñarlo –añadió regalando a esas palabras una irónica sonrisa de chico travieso mientras se levantaba y apoyado con una rodilla en la cama junto a ella, se inclinó hasta acariciar con la fruta el pezón, el vientre, el pubis y finalmente, con gran expectación, la longitud de los genitales de su anonadada víctima. Cris sobrevino en una terrible humedad que la mantuvo deliciosamente confundida hasta que, al girar la cabeza, en la blancura del albornoz que él vestía, pudo divisar cómo asomaba lo que durante tanto tiempo ella había anhelado. Tiró del grueso cinturón de algodón y abrió definitivamente la bata. El placer que la fresa le provocaba casi no le permitía abrir los ojos. Notaba las rugosidades e incluso, tal vez como producto de su imaginación, le parecía percibir esos pequeños granitos con los que está moteada esa fruta. Percibía la melosidad y humedad de fruta madura licuándose, fundiéndose y disolviéndose en su sexualidad. El lento jadeo la sumía en dulce descontrol hasta que, en un arrebato, alargó el brazo hasta encontrar la mesilla, para hundir la mano en el bol de nata. Abrió bien los ojos y fijando su objetivo, se lanzó como un misil agarrando esa templada virilidad y embadurnándola de nata.

–Ups –se sorprendió Dave.

La inmovilidad se instaló en él durante un par de segundos. Cris se tomaba el postre sumergiéndolo en su boca mientras Dave se estremecía con las sensaciones que ella le hacía sentir. Los papeles habían cambiado y ahora era ella quien tenía el control. Liberando la profundidad de ese beso, ella lamió con devoción el tallo y toda su base hasta limpiarlo totalmente del blanco manjar. Él, plegado por el placer, fue inclinándose hasta caer en el embrujo de ese erotismo ya untado de fresa. Hundió la fruta ligeramente en ella e inmediatamente se inclinó aún más para lamer y limpiar de ese dulce néctar el rincón de placer de su amada. Sirviéndose de algo más que de un beso, sorbió con ganas hasta extraer de su interior esa fresa que comió con absoluto deleite.

Ambos habían conseguido evadirse del mundo, se debatían entre el sentir y el hacer sentir al otro. Gozaban sabiéndose artífices del goce ajeno, empatizando complicidades y eso les reportaba toda la plenitud. Él se tumbó a su lado sin que ella soltara a su presa y acariciando su lacia y rutilante cabellera, se perdió entre besos y caricias.

El cariño entre ambos se manifestaba en cada caricia porque, tan cariñoso es quien otorga una caricia como el que se deleita y estremece al recibirla. Besó su frente, besó sus ojos, besó sus labios y el cansancio los durmió en ternuras. El viaje, el baño caliente y el licor, habían hecho su efecto y el mundo enmudeció y se oscureció sin advertencias.

–¡Despierta! ¡Cariño, despierta! –ella reconocía esa voz suave, dulce, buena, serena–. ¡Cariño, despierta! –Tumbada de espaldas y abrazada a la tullida almohada, despertaba con el nuevo día. Mil besos en sus nalgas, en su espalda, en sus hombros y en su mejilla–. Mi amor, ya salió el sol y se nos hizo tarde. –Sus ojos cerrados, los párpados pesados, las caricias instruían su largo despertar. Él tomó su mano, un ligero masaje y luego una marea de inédita percepción. Sus ruegos y plegarias habían sido escuchadas, el cielo se abrió insuflando tentación, pasión entre sábanas blancas. Despertaba del sueño y entraba apacible, calma, resiliente, en un mundo nuevo, en una nueva vida falta de fantasía y llena de insólita realidad. Amanecer y desvelarse en la cama con él había significado desde hacía tiempo ese sueño inalcanzable, esa bebida dulce que calmaría la sed y por fin, se hallaba desnuda, tierna, lánguida, vencida, exigua, tumbada en un tálamo sin fin, rodeada de Dave.

La sangre hervía con Dave y sin él, la gélida decadencia ralentizaba cualquier fluir. Fuera verdadero o fuera falaz, lo único que importaba era sentirse florecer bajo el paraguas y el auspicio de esa tangible realidad, la que ella eligió y a la que el destino le correspondió. Gozaba por fin con su vida, se sentía feliz.

FIN

INDICE

www.ingramcontent.com/pod-product-compliance
Lightning Source LLC
LaVergne TN
LVHW010059170826
845678LV00012B/2184

* 9 7 8 8 4 6 8 6 2 6 4 9 9 *